天鵝

鄭振鐸 高君箴 譯述

鄭振鐸（一八九八年－一九五八年）

高君箴（一九〇一年－一九八五年）

鄭振鐸，福建長樂人。著名作家、學者、文學評論家、文學史家、翻譯家、藝術史家，也是聞名的收藏家，訓詁家。曾任《兒童世界》主編，為中國現代兒童文學奠基人之一。著有《鄭振鐸全集》。

高君箴，字蘊華，鄭振鐸夫人。原籍福建長樂，生於湖北漢口。一九二二年冬開始發表譯述的〈怪戒指〉〈縫針〉等。隔年與鄭振鐸結婚。一九二五年夫婦倆合作譯述之童話集《天鵝》由商務印書館出版。

總序一

兒童文學的歷史與記憶

林文寶

大陸海豚出版社所出版之中國兒童文學經典懷舊系列，要在臺灣出版繁體版，這是臺灣兒童文學界的大事。該套書是蔣風先生策劃主編，其實就是上個世紀二、三十年代的作家與作品，絕大部分的作家與作品皆已是陌生的路人。因此，說是經典有失嚴肅；至於懷舊，或許正是這套書當時出版的意義所在。如今在臺灣印行繁體版，其意義又何在？

考查各國兒童文學的源頭，一般來說有三：

一、口傳文學

二、古代典籍

三、啟蒙教材

而臺灣似乎不只這三個源頭，綜觀臺灣近代的歷史，先後歷經荷蘭人佔據三十八年（一六二四——一六六二），西班牙局部佔領十六年（一六二六——

一六四二），明鄭二十二年（一六六一——一六八三），清朝治理二〇〇餘年（一六八三——一八九五），以及日本佔據五十年（一八九五——一九四五）。其間，相當長時間是處於被殖民的地位。因此，除了漢人移民文化外，尚有殖民者文化的滲入；尤其以日治時期的殖民文化影響最為顯著，荷蘭次之，西班牙最少，是以臺灣的文化在一九四五年以前是以漢人與原住民文化為主，殖民文化為輔的文化形態。

一九四五年十月二十五日國民黨接收臺灣後，大陸人來臺，注入文化的熱血液。接著一九四九年十二月七日國民黨政府遷都臺北，更是湧進大量的大陸人口。而後兩岸進入完全隔離的型態，直至一九八七年十一月臺灣戒嚴令廢除，兩岸開始有了交流與互動。一九八九年八月十一至二十三日「大陸兒童文學研究會」成員七人，於合肥、上海與北京進行交流，這是所謂的「破冰之旅」，正式開啟兩岸兒童文學交流歷史的一頁。

其實，兩岸或說同文，但其間隔離至少有百年之久，且由於種種政治因素，目前兩岸又處於零互動的階段。而後「發現臺灣」已然成為主流與事實。

因此，所謂臺灣兒童文學的源頭或資源，除前述各國兒童文學的三個源頭，又有受日本、西方歐美與中國的影響。而所謂三個源頭主要是以漢人文化為主，其實也就是傳統的中國文化。

臺灣兒童文學的起點，無論是一九〇七年（明治四〇年），或是一九一二年（明治四十五年／大正元年），雖然時間在日治時期，但無疑臺灣的兒童文學是屬於華文世界兒童文學的一支，它與中國漢人文化是有血緣近親的關係。因此，了解中國上個世紀新時代繁華盛世的兒童文學，是一種必然尋根之旅。

本套書是以懷舊和研究為先，因此增補了原書出版的年代（含年、月）、出版地以及作者簡介等資料。期待能補足你對華文世界兒童文學的歷史與記憶。

林文寶，現任臺東大學榮譽教授，曾任臺東大學人文學院院長、兒童文學研究所創所所長、亞洲兒童文學學會臺灣會長等。獲得第三屆五四兒童文學教育獎，中國文藝協會文藝獎章（兒童文學獎），信誼特殊貢獻獎等獎肯定。

原貌重現中國兒童文學作品

蔣風

今年年初的一天，我的年輕朋友梅杰給我打來電話，他代表海豚出版社邀請我為他策劃的一套中國兒童文學經典懷舊系列擔任主編，也許他認為我一輩子與中國兒童文學結緣，且大半輩子從事中國兒童文學教學與研究工作，對這一領域比較熟悉，了解較多，有利於全套書系經典作品的斟酌與取捨。

一開始我也感到有點突然，但畢竟自己從童年開始，就是讀《稻草人》《寄小讀者》《大林和小林》等初版本長大的。後又因教學和研究工作需要，幾乎一而再、再而三與這些兒童文學經典作品為伴，並反復閱讀。很快地，我的懷舊之情油然而生，便欣然允諾。

近幾個月來，我不斷地思考著哪些作品稱得上是中國兒童文學的經典？哪幾種是值得我們懷念的版本？一方面經常與出版社電話商討，一方面又翻找自己珍藏的舊書。同時還思考著出版這套書系的當代價值和意義。

中國兒童文學的歷史源遠流長，卻長期處於一種「不自覺」的蒙昧狀態。而清末宣統年間孫毓修主編的「童話叢刊」中的《無貓國》的出版，可算是「覺醒」的一個信號，至今已經走過整整一百年了。即便從中國出現「兒童文學」這個名詞後，葉聖陶的《稻草人》出版算起，也將近一個世紀了。在這段不長的時間裡，中國兒童文學不斷地成長，漸漸走向成熟。其中有些作品經久不衰，而一些作品卻在歷史的進程中消失了蹤影。然而，真正經典的作品，應該永遠活在眾多讀者的心底，並不時在讀者的腦海裡泛起她的倩影。

當我們站在新世紀初葉的門檻上，常常會在心底提出疑問：在這一百多年的時間裡，中國到底積澱了多少兒童文學經典名著？如今的我們又如何能夠重溫這些經典呢？

在市場經濟高度繁榮的今天，環顧當下圖書出版市場，能夠隨處找到這些經典名著各式各樣的新版本。遺憾的是，我們很難從中感受到當初那種閱讀經典作品時的新奇感、愉悅感、崇敬感。因為市面上的新版本，大都是美繪本、青少版、刪節版，甚至是粗糙的改寫本或編寫本。不少編輯和編者輕率地刪改了原作的字詞、標點，配上了與經典名著不甚協調的插圖。我想，真正的經典版本，從內容到形式都應該是精致的、典雅的，書中每個角落透露出來的氣息，都要與作品內在的美感、精神、品質相一致。於是，我繼續往前回想，記憶起那些經典名著的初版本，或者其他的老版本——我的心不禁微微一震，那裡才有我需要的閱讀感覺。

在很長的一段時間裡，我也渴望著這些中國兒童文學舊經典，能夠以它們原來的面貌重現於今天的讀者面前。至少，新的版本能夠讓讀者記憶起它們初始的樣子。此外，還有許多已經沉睡在某家圖書館或某個民間藏書家手裡的舊版本，我也希望它們能夠以原來的樣子再度展現自己。我想這恐怕也就是出版者推出這套書系的初衷。

也許有人會懷疑這種懷舊感情的意義。其實，懷舊是人類普遍存在的情感。它是一種自古迄今，不分中外都有的文化現象，反映了人類作為個體，在漫長的人生旅途上，需要回首自己走過的路，讓一行行的腳印在腦海深處復活。

懷舊，不是心靈無助的漂泊；懷舊也不是心理病態的表徵。懷舊，能夠使我們憧憬理想的價值；懷舊，可以讓我們明白追求的意義；懷舊，也促使我們理解生命的真諦。它既可讓人獲得心靈的慰藉，也能從中獲得精神力量。因此，我認為出版本書系，也是另一種形式的文化積澱。

懷舊不僅是一種文化積澱，它更為我們提供了一種經過時間發酵釀造而成的文化營養。它為認識、評價當前兒童文學創作、出版、研究提供了一份有價值的參照系統，體現了我們對它們批判性的繼承和發揚，同時還為繁榮我國兒童文學事業提供了一個座標、方向，從而順利找到超越以往的新路。這是本書系出版的根本旨意的基點。

這套書經過長時間的籌畫、準備，將要出版了。

我們出版這樣一個書系，不是炒冷飯，而是迎接一個新的挑戰。

我們的汗水不會白灑，這項勞動是有意義的。

我們是嚮往未來的，我們正在走向未來。

我們堅信自己是懷著崇高的信念，追求中國兒童文學更崇高的明天的。

二〇一一年三月二〇日

於中國兒童文學研究中心

蔣風，一九二五年生，浙江金華人。亞洲兒童文學學會共同會長、中國兒童文學學科創始人、中國國際兒童文學館館長。曾任浙江師範大學校長。著有《中國兒童文學講話》《兒童文學叢談》《兒童文學概論》《蔣風文壇回憶錄》等。二〇一一年，榮獲國際格林獎，是中國迄今為止唯一的獲得者。

目錄

序一 1
序二 3
柯伊 5
竹公主 17
八十一王子 58
米袋王 66
彭仁的口笛 72
牧師和他的書記 80
聰明之審判官 84
兔子的故事 99
光明 105
騾子 112

獅王 115
花架之下 119
金河王 136
魔鏡 143
怪戒子 154
兄妹 170
熊與鹿 171
白雲女郎 174
海水為什麼有鹽 178
自私的巨人 184
安樂王子 190
少年皇帝 201
騾子與夜鷹 217
天鵝、梭魚與螃蟹 220
箱子 222

獨立之樹葉 224
鎖鑰 225
平等 226
芳名 227
飛翼 233
縫針 236
天鵝 243
一個母親的故事 268
伊索先生 277

序一

這是我們二人所輯的童話集；我們兩年來所編所譯的童話大約都在這裡了。他們的原料，都是從英文的各種書本裡翻譯而來的，不過有的是「翻譯」的，有的是「重述」的方法來移植世界重要的作品到我們中國來，所以本書中對日本、北歐、英國，以及其他各地的傳說、神話，以及寓言，都是用這個方法。至於如安徒生、梭羅古勃諸人的作品，具有不朽的文學的趣味的，則亦採用「翻譯」的方法。

我們對於「童話」的興趣都很高，但在現在的工作環境裡，創作的欲望是任怎樣也引不起，所以只好向譯述這條路走去。這是我們現在所能貢獻給中國的最可愛最有望的第二代的了。將來，如有向「創作」這條路走去的可能時，也許可以更貢獻他們以及我們自己的東西。

童話的書，圖畫是不可省略的，本書所有的圖畫，大部分是我們的朋友許敦谷君的製作，其他一小部分是別的幾個朋友的，另一小部分則係複製原書所附的圖畫的。

又本書不過是給可愛的兒童們看的，所以文字力求其淺近，自知不足以供有文學嗜好的大人們的閱看。至如教師們欲採取一部或全部做教材，那也是我們所喜歡的。

鄭振鐸

十三年十一月二十六日

序二

安徒生老有童心，人稱他為「老孩子」。因此聯想，振鐸的適當的別稱更無過於「大孩子」了。他天性爽直，所謂機心等等從沒在他腦子裡生過根；高興時出勁地說笑，不高興時便不掩飾地吻著嘴；這種純然本真，內外一致的情態，惟有孩子常常是這樣的。我記得最初遇見他的時候，他很快活，談了幾句以後，上排的牙齒咬著下唇，似乎帶羞地微笑。以後我看他在中心愉快，知交接席的當兒，上排的牙齒咬著下唇，似乎帶羞地微笑。這不是嬌憨的孩子的常態麼？朋友們舉行什麼集會，議論既華，飲食也足夠了，往往輪流講個笑話，以助興趣。輪到振鐸，他總說，「我講一個童話。」於是朋友們嘩然笑起來，笑他偏愛說那孩子慣說的話。他訪問朋友的家裡，如其那人家有孩子的，一跨進門，總先去找那些孩子，或者抱在手裡，或者兩手托著，高高地升起來，或者叫他們站在桌子上演戲。孩子們當然高興，誰也不肯放過這機會。於是盡鬧盡舞，常常有壓扁了他的帽子弄破了他的眼鏡的事情。到他想著要走時，也許並沒有同主人談過一句話。惟有孩子，才歡喜找孩子為伴呢。既這樣，給他取個「孩子」作為別稱也就夠了，為什麼又加上一個「大」字呢？這也有典故：第一，他的軀幹很高，比我高出半個頭；第二，他究竟是擔荷業務。作社會中一根柱子一塊拙石的成人了。

他曾經編譯了許多童話。他提筆做這種工作，猶如興會很高，自告奮勇講一個童話的時候，乃由於本性酷愛著童話。但未嘗不可說由於愛好他的同伴，「大孩子」愛好小孩子，所以貢獻這些寶物於他們。「這種工作，他去做時最配最合格」就是愚人也要這樣說的。

現在他集合編譯的童話，又併入他的夫人——君箴女士——的同類的成績，印在一起，取中間一篇的題目〈天鵝〉為全書的標名。夫妻兩個的撰作匯合成書，至少是件富有意趣的事情，何況這書的本身原具有更豐富的意趣，兩個「大孩子」（君箴女士當然也是一個）從此將愈益快樂，因為自己既有這賞心的《天鵝》，更有以娛樂他們的同伴——小孩子。於是，他們將永遠做一對「大孩子」。

葉紹鈞

十一月二十日

柯伊

青兒坐在山邊綠草氈上細想，她竟有這許多的事情要做，幾至於一件事情也不能做；她竟是這樣的快樂，幾至於變成不快樂。如果她往山頂上走呢，碧色的天穹、綠蔭四覆的大樹可以看見了，但是美麗的小草，美麗的木菌，美麗的紅色的、紫色的、白色的花卻看不見。如果她往谷下走呢，清澈見底的溪水流過石子間的淙淙的聲音可以聽見了，但是和暖的好風，在山頂上樹頂上簌簌作樂的聲音卻聽不見。

青兒盤著腿坐在山谷旁細想，心裡委實決斷不下。她是久住在城裡的一個小女兒。現在因為小學校裡放了春假，她父親把她帶到這裡來住幾天。

在山邊，有一條羊走的小路，可以上通山頂，下達山谷。青兒站起來，走了幾步，還不能決定：到底是走上山頂或是走下山谷。她站的地方的景色，已經是非常美麗的了。細草開著各樣的花，還有碧綠的羊齒，血紅的雞冠花，很高傲地挺生在綠草中間。偶然有一二山燕的叫聲衝破這沉寂的山間的空氣。

青兒靜聽了一會。山燕飛去，山間又沒有別的聲音了。她叫道：「柯伊！」她常聽見母親同父親說，山林中間，有一個草木之神，名字叫做柯伊，是一個非常有趣的小孩子。所以她在無意中，試叫了一下。

「柯伊！」有一個聲音回答道。

說話的是誰呢。她又叫道，「柯伊！」仍舊有一個人回答道，「柯伊！」這個回答的聲音從什麼地方發出來，青兒不知道；但是她每次叫了一下，卻總有一個回聲——遙遠而清晰。

她想道：「真是有仙人在這裡？我知道了！」於是她又叫道：「你是一個仙人麼！」

清清楚楚的有一個聲音回答道：「仙人！」

她緊接著問道：「那末，你在什麼地方藏著？」這個時候，青兒高興極了；她的聲音嚷得更高。

遙遠而清晰的聲音又回答道：「藏著！」

「你是不是藏在山谷裡邊？」青兒問道。

一個聲音回答道：「在山谷裡邊！」

青兒高興地說道：「是了！在山谷裡！」她立刻毫不遲疑地由小路一步一步地走下山谷。她的足常蹈在草花上。羊齒草叫道：「留神！」但是她並不注意聽它的警告。越下去路越不好走；她連爬帶走地跑下去，在她身邊的石子紛紛地跌落到谷裡。路旁有一道小溪；溪水笑著說道：「留神！」柳樹伸出長臂，搖著頭說道：「留神！」野草的小花同她的足親嘴，小草也把她的足捧著，好像是說道：「停步，停步，不要再走下去了。」

但是青兒笑道：「不要緊；親愛的柳樹，親愛的小草，溪旁的向日葵在日間可以引導我；天上的明星在夜裡可以引導我。我不怕迷路！」但是向日葵卻很狡猾地笑著，天上的星，也躲在太陽後面，很狡猾地笑著。

柳樹嘆了一口氣，小草也嘆了一口氣，溪水淙淙地流過，也嘆息了一會，他們都知道可惡的向日葵和天上的小星是最會捉弄人的。

青兒繼續地往下走；走到了谷底，他看見小森林中有一扇小門，門內黑暗無光。但是青兒不管，她還是很勇敢地爬進門口。經過門口，是一條長地道，裡面充滿著朽爛的木頭和草菌的氣味。地道的末端，有一間綠色的房子；這間房子，全是樹木造成的，牆上全長著綠葉，屋頂上也有花朵垂下。地板上滿是細草繁花；

靠左角的牆邊，有紫銅色的大菌一堆，菌上坐著一個小孩子，手裡拿了竹竿，身旁放一把刀，正要做一個「叫子」給自己玩。他身上穿著細毛衣，是可愛的綠色；兩個細長的耳朵懸在一邊；還有柔和的金黃色的頭髮，棕紅色的臉，大而帶棕色的眼睛；看來他是一個很強健而且活潑的孩子。

「柯伊？」青兒問道。

他點頭道：「柯伊！我是柯伊。你的名字是青兒。我知道的。但是你從哪裡來的？怎麼會到這裡來？」

青兒答到：「我是從城裡來的，坐著火車來。」

「什麼是火車？什麼是城？」柯伊問道。

她回答道：「城麼！像一個養兔的地方，一個四方的牆圍著，城裡滿是房屋和人民，和喧嘩的人聲，有時還有煙和灰塵。到了晚上，街上都是燈光，比月亮和星還亮呢。火車是一種有輪子的木箱。頭上有一個火車頭，帶著許多車走，真像一條龍。」

「龍麼？我看見過的。」柯伊說。

「這不是龍。不過是同龍一樣罷了。」青兒說：「他還會吐氣、吐煙，在晚上還由煙囪裡噴出許多好看的火花來。」

柯伊說：「大概很像樵夫的驢車吧！唉！講起樵夫，我真恨他，他用大斧把我們美麗的樹木砍倒，把他們拿來當柴燒，並且把樹林中的許多可愛的生物都驅逐走了。你看，現在有許多森林中，已經不能找到『更格盧』或是琴鳥了。如果有許多樵夫到這裡來，我知道所有的樹都要被他們砍下；可愛的鳥聲將要永遠聽不見了，溪流也不再唱著歌從從容容地流著了，他要枯乾了，因悲戚而死去。一切美麗的花，鮮明可愛的綠草，都要萎謝消滅了。這座仙國似的可愛的森林也就永遠摧毀了。我真不愛你們人類。他們只是破壞美景。」

「不要緊，親愛的柯伊！」青兒說。「我是一個人類的孩子，我回去的時候，一定要叫他們不要再來砍樹。他們都不知道你。」

柯伊道：「不，不。你不能走。你要長久地同我住在一起。」

柯伊與青兒在森林之心一同遊戲。他們非常快活。也不知道過了多少天。有一天傍晚，柯伊和青兒遊戲倦了，一同坐在溪旁草地上，凝視溪魚在清澈的水中游來游去；水獺在岸旁伸出頭來，一看見人影，又縮了回去。不久，小溪魚也都不見。碧綠的水中，只映著他們兩個人可愛的小臉。

柯伊又對青兒說道：「我永遠不讓你走。永遠不讓！」說著他漸漸地睡著了。青兒也依傍在他身上睡著。無力的夕陽，淡淡地射在他們身上，好像親愛的母親守著她孩子睡覺一樣。

夜之幕放下了，山谷裡黑漆漆的。長大的樹，開始微語，而且嘆息。貓頭鳥在樹上哀鳴。歸巢太晚的小鳥還在啾唧地叫著。青兒突然醒了。她伸手想去搖醒柯伊，但是柯伊走了。

她叫道：「柯伊，柯伊！」但是沒有人回答她。她看著沿溪的向日葵，但是它們已閉眼睡覺了。天上的星呢，也藏在雲後了。

松樹嘆道：「柯伊永遠不讓你回去了！」

溪水也嗚咽似的嘆道：「不讓，不讓你回去了。」

青兒急得只要哭，自己問道：「那末，我要怎麼辦呢？親愛的柯伊！讓我回家走一走，立刻就回來！」但是柯伊不說話，他正藏躲著。他太愛她了，至於怕出來見她，因為如果她求他指點回家的路道，他不能不說。但是如果他藏著呢，她不認識路，一定會永久住在森林中的，所以他就躲著不出來了。

正在這個時候，青兒突然聽見頭上樹枝搖動的聲音，抬頭一看，看見一隻小熊，在枝上跳躍。青兒對他唱道；
「小熊呀，小兄弟呀，請你告訴我青兒，青兒應由哪條路回家？」
小熊立刻回答道：
「青兒回家的路，只在這座森林中，我指示她，如果她允許我一件事。」
小熊當即告訴她，請她回家時，盡力阻止樵夫不要帶斧頭入山砍柴。青兒滿口地答應，小熊遂和她一同上路。這時東方的天色已有點亮了。小熊走到三叉路口，停步不走，說道：「我怕人類，不能再往前走了。你自己一個人去罷。」說著，他跳上樹枝，向山間走了。
青兒又只剩了一個人。她叫道：「柯伊！」叫了許多聲也沒有人答應。只有一隻白鸚鵡在枝上閒立著。青兒懇求似的向它唱到：
「親愛的白鸚鵡呀，請告訴我青兒，
青兒應由哪條路回家？」
白鸚鵡反復地學她的話，到了後來，才對她說道：
「青兒回家的路，只在這座森林中，
我指示她，如果她允許我一件事。」

他所求的是：要青兒叫人類不要從鳥巢裡偷去鳥卵，不要用鳥槍來打鳥，不要斫去樹林，叫鳥類沒有地方住。青兒都答應了。一群白鸚鵡如一朵白雲一樣，飛起在前引路。但是出了樹林以後，它們也不肯再往前走了。

一條大的蜥蜴，很懶惰地躺在草上。青兒用腳踢了它一下，問道；「親愛的小兄弟，親愛的小蜥蜴請告訴我青兒，青兒應由哪條路回家？」

蜥蜴伸一伸懶腰答道：「青兒回家的路，只在很近的地方，我指示她，如果她允許我一件事。」

青兒道：「什麼事呢？」蜥蜴道：「請你告訴人類，不要捉著我，打死我；我不是一個有毒的、害人的東西，乃是吃人類之敵，如蟲蠅蛇的害物的。」青兒也答應了。

蜥蜴慢慢地在前走，青兒跟著。走了一會，青兒認識她的來路了。她向森林中的小兄弟小姐妹們告別。一步一步地爬上山，但是她的心非常悲苦，因為她還沒有同柯伊告別。

她坐在以前所坐的草地上，很悲戚地叫道：「柯伊！」

「柯伊！」有一個悲戚而遼遠的聲音回答她。

青兒高聲地叫道：「我愛你！」

「我愛你！」一個清晰而遼遠的聲音又回答道。

「我立刻就回來！」青兒說。

仍舊一個懇求似的回聲：「立刻就回來！」

她很柔和地說道：「再見！」

一個延長而衰弱的聲音也說道：「再見！」

於是青兒歸家了。

她現在仍舊住在城裡，同她父母住在一起。但是她的小小的心總緊緊地懸念著美麗的森林和柯伊，和許多親愛的小朋友。

有時，走在狹長的夾道中，偶然叫了一聲「柯伊！」他的宏大的聲音，也還在回答她呢。

——奧大利的童話，鄭振鐸譯述

竹公主

(一)月宮
(二)五公子
(三)釋迦的石缽
(四)寶玉樹枝
(五)火鼠衣皮
(六)燕巢裡的貝殼
(七)龍珠
(八)富士山之煙雲

一 月宮

竹公主是從月宮裡下來的。她自己也不知道她怎麼會跑到地上來。

記得她來到地上以前，她正在月宮裡跳舞。許多非常美麗的女子都在一個水晶建築的大殿上遊戲；大殿四面掛著碧玉做的簾子；綠色的大松樹一行一行的排列著，繞圍著大殿。白兔子到處地跑，忽然跑到殿上，又忽然跑到松林裡去，活像一團滾來滾去的白雪球。殿上的女子，一個個都非常活潑，快樂，專心做她的遊戲。有的吹著簫；有的彈著琴；有的坐在碧玉簾下，同幾個最好的朋友說笑；但是大多數的人卻都在那裡跳舞。跳舞的人都穿著淺綠色的最好看的衣裳；跟著跳舞的足步，衣裳的顏色時時刻刻的不同；有時變成紅色，有時變成白色，有時變成五彩；有時仍為淺綠色，活像無數的五彩的大蝴蝶在一所大花園裡飛舞。

她耳朵裡隱約地還聽見簫聲、琴聲抑揚地響著；眼睛裡似乎還看見許多朋友穿來穿去地在那裡遊戲，兩隻腳也好像還在那裡跳舞；但是人已經不在天上，而在地上了。

天上的事情，她差不多都忘記了。一切已往的快樂的事情，她都模糊得只剩個影子了，差不多連這個影子也淡得快要沒有了。她只知道她自己現在已經來到地球上，至於在地球上的什麼地方，她完全不知道。

在竹公主來到地上的那一天晚上，有一個年紀很老的竹匠，由市場裡回家。

他遠遠地看見前面一大叢的竹林裡有一道溫和的白光穿出來。他走進竹林向發光的地方跑進去，要看發光的到底是什麼東西。

他看見這一道光是從竹林中一根竹竿裡發出來的。他非常謹慎地把這根竹砍了下來，把他剖開，剖開了以後，他覺得非常奇怪！竹竿裡面卻睡著一個小小的女孩子。那溫和的光原來就是從這個女孩子身上發生出來的。

這個小小的女孩子生得非常細小，只有幾寸長。但長得卻非常的美麗；同仙女一樣的美麗；在地球上像她那樣的美貌是找不到的。

老人疑心她是一個仙女。

他把她帶回家去，告訴他妻子怎樣找到她的事實。他們非常喜歡，因為他們是沒有孩子的人。他們當她是自己養的女孩子一樣，看待她非常的好。

竹公主就這樣地在地上生活著。天上的事更忘得一點也記不住了。過了幾年，她長大了，成了一個女人了。做人又溫和，又忠厚。她的美麗的面貌，也一天一天地更加好看起來。那一線溫和的白光，總好像常常地跟著她。

大家都稱她做竹公主；因為她是從竹林中拾來的，她的美貌，又是世上的無論哪位公主都趕不上的。

竹公主的美名，傳到很遠很遠的地方。有許多人特地跑來想看她。他們都從花園邊的籬笆上，偷向裡面看，希望能夠看見她。但那些已經看見過她的人，卻更加地不忍離開，希望更能見她一次。

在這些當中，最常到她家籬笆旁邊去的有五位公子。他們都是富貴人家的公子，年紀很輕。每一個人都以為竹公主實是他們生平所看見的女子當中最美貌的人；每一個人都想娶她做妻子。

二　五公子

這五位公子是誰呢？

第一位是官家的子弟，他父親是朝中的大官，所以他在這個地方非常有勢力。但他卻是個非常懶惰的人。凡是事情，都不想自己去做；總想要人家做得好好的叫他來「坐享其成」。

第二位是非常有錢的人，他開了許多大店鋪，凡是大地方，都有他的店鋪在那裡。他的勢力也是極大。至於講到他這個人卻是一個非常狡猾、極有心計的人。

第三位是世代做官的。他自己雖然沒有出去做官，而朋友極多；差不多到處都有他的朋友。他的朋友同他都非常的要好。因為他為人很忠厚樸實，家裡又很有錢，常肯拿出來周濟他們。他倒是一個好人。

第四個公子家裡也是有錢有勢的。他非常驕傲、自視極高；別人不能做的事，他自己總想要去做。

第五個公子是一個最愛誇口，又是膽子極小的人。他的家財不計其數；有許多船在各地做買賣，有許多當鋪，又有許多大房子和花園；可算得是國內首富。

他們既然都存了個要娶竹公主的念頭，就各自回家，各寫一封信給竹公主的父親；每個人都誇說他的財富和勢力，並說如何傾慕竹公主，決意要想娶她，要求他的答應。

天下事真奇怪！這五封信竟會同時送到竹公主的父親那裡。

老竹匠非常害怕，他不知道要把女兒嫁給哪位公子好。他們都是有錢有勢，不好得罪的。他怕起來，他非常憂愁，心裡老實委決不下。如果他把竹公主許了第一位公子，那四位公子都要生氣了。他是一個窮人，又沒有勢力，哪裡敢招這些公子們的氣呢。

但是竹公主卻非常鎮靜，一點也不驚慌。她已經想好了一條妙計了。她看她父親著急，就對他說道：「請不要著急！我想好一個計策了。你定好一個日子，約他們五個公子都到這裡來，我們就可以揀出一位最好的人來。他們也不至於同你生氣。」

她父親照她的話做了。

到了約定的日子，五位公子全都早早地來了。他們非常快活，因為借此又可以看到竹公主。他們每個人都自信他就是竹公主所要嫁的人。

其實竹公主是不願意嫁給無論什麼人的。她願意同她親愛的父母，住在一塊。她願意永遠在家裡照顧她親愛的父母，到了他們死了為止。所以她打定主意，給每一個公子一件萬萬做不到的事情去做。

她要第一個公子到印度去找佛祖釋迦的大石缽；要第二個公子去到蓬萊島的山上，採一枝寶玉樹枝回來。如果他們哪一個人先得到那個寶貝，她就嫁給這個人。

第三個公子問道：「你要我做什麼事呢？」

公主道：「你可以找一件火鼠皮做的袍子給我。」

她說完了話，又向第四個公子說，她要他找藏在燕子巢裡的貝殼；向第五個公子說，她要他找龍頷下的大珠。

他們都答應了。

他們急急地回家，想法子去找這些寶貴而難得的東西；每一個人都想早早地得到這些東西，第一個回來，娶了美麗的竹公主。

三　釋迦的石缽

現在先說去找釋迦的石缽的那位公子的事情。

佛祖釋迦的石缽到哪裡去找呢？

老輩的人傳說得很久了；他們說：遠在印度的地方，有一個大石缽，是佛祖釋迦留下來的。他們並且說：這個石缽擺在錦褥上，非常美麗；它能夠放出光來。它深藏在一所大寺院的暗處。看見過它的人世上沒有幾個，但是那些已經看見過的人，都極讚美它；它的好看真是形容不出。

被竹公主叫他去找石缽的那位公子，前文已經表明過他是一個非常懶惰的人。

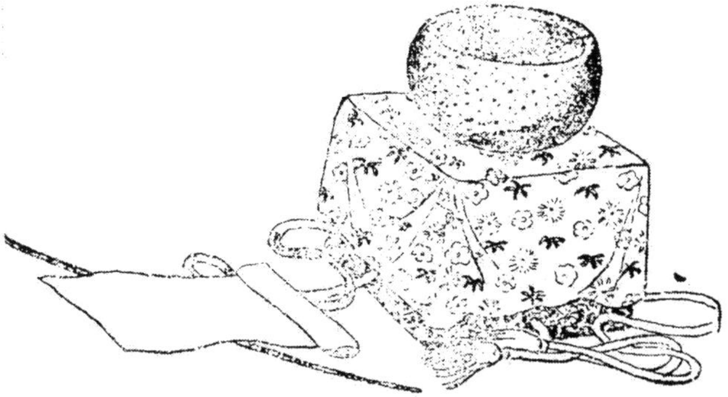

起初的時候，他倒真有意思想去尋找這個石鉢。幾次想動身，幾次都去不成。後來索性不去了，只坐在家裡叫家人下去想法子尋找。

他曾問過水手們，由這裡到印度，往來一次要多少時間。水手們說要三年。他因此更加不願意去。為一個石鉢，僅僅為一個石鉢，而費了三年的光陰，誰願意幹這件事！

但是他終忘不了竹公主。於是他揚言動身到印度去，匆匆忙忙地收拾衣裝行李。等到行李收拾好了，許多人都來替他送行，他便揚長上道。但是走到不遠，他就住下了。他住在這個地方三年，然後走了回來。臨走的時候，他到那個地方的一個小寺院裡，在神座前頭，拿了一個老石鉢回來。

他用了非常講究的緞子，繡了許多好看的花在上面；用來包裹這個石鉢。到家以後，他叫一個家人把這個石鉢送給竹公主，並附一封信講他找到這個石鉢的故事。

他說：他這三年的光陰，完全是在危險波潮中過的。為了這個石鉢，就是為了竹公主，他經過無數的危難。

天庙宫

他說：他在路上，遇見了強盜；他們想殺他，但是被他脫逃了。又說他在海船裡，遇見了大風浪，船差不多要破了；幸得他不怕，才能走到印度。又說在上山到寺院的路上，遇見了許多猛虎，個個都張開了血盆似的大嘴想吃他；幸虧他跑得快，才逃得性命回來。

竹公主讀了他這封信，很感激他，以為他真是一個好人；為了她，為了替她找一個石缽，竟受了這許多艱難。但是當她打開了石缽一看時，她感謝他的心腸，卻變成看不起他的了！因為她看出這個石缽，不是釋迦的石缽乃是個個寺院都有的普通的石缽，她知道，他是存心欺騙她的。因此她非常生氣。

當他來見她的時候，她拒絕不見，叫人把石缽和信「原璧奉還」。

公子心裡非常不高興，但是他知道這是自己的不是，所以不說一句話，就走回家去了。

他把這個石缽好好地保藏著，當做座右銘。因為這個石缽的故事告訴他：

「天下的事情是沒有不勞而獲的。想成功就要去工作。」

四　寶玉樹枝

我們已經講過替竹公主找寶玉樹枝的公子是一個非常狡猾，非常有錢的人。他不相信世界上有什麼蓬萊山，他也不相信世界上有什麼金幹玉葉的樹。

但是他卻說，他要動身去尋找這種寶玉樹枝。他辭別親友，到海邊去。他把跟去的下人都辭掉，只留下四個人留在身邊使喚，因為他說，他要靜靜地走去，不願意帶許多人。

大家再看見他時，已經是在三年後了。這個時候，他突然回來，到老竹匠家裡，去會見竹公主。

寶玉樹枝，已經被他尋找到了！

寶玉樹枝真是好看呀！幹是金的，花同葉是各種顏色的寶玉做的；又是美麗，又是貴重，真不是世上所能得到的。竹公主看見寶玉樹枝非常喜歡，請公子告訴他經過的情形。公子就慢慢地談起他得到這枝寶玉樹枝的故事。

他說道：「我從海邊上船，一直向前開行；不知道往哪裡去好；因為我不知道蓬萊山在什麼地方。只任這隻船在海上飄流。風往那邊吹，我們就把船往那裡

駛去。我們經過許多宏壯的都市，奇怪的國家。我們看見大海龍睡在水面上。波浪一上一下的起落，他的身子也跟著上下。我們看見海蛇成群的在海底上遊戲。我們看見奇異的飛鳥，他們的身子極像獸類。有時海上起了微風，我們的船輕輕快快地向前駛；有時接連好幾天，一點風也沒有，船隻在水上浮著不動。有時暴風大作。波浪湧起比山還高。我們的船篷被風推著。我們就隨著這陣風走，也不知道它要把我們吹到哪裡去。如此的走了好幾天。我們也沒有東西吃，也沒有水喝。碧綠的海水圍繞在我們四周。使得我們口渴更甚，但是這種鹽海水，卻是不能夠吃的。一路上又有許多礁石，浪頭打在他上頭，起了一大陣的白浪花，如果船碰在這些礁石上頭，是必碎無疑的。到了後來，我想我們這一回是一定死了。忽然在晨霧中，看見前面有一團大黑堆。我們知道這是一座大山，立刻就往那邊駛去。原來這座山，就是蓬萊山。我們的船打了好幾個圈子，才找到上岸的地方。一上岸就看見有許多非常美麗的寶玉樹排列在海岸旁邊。雖然這個時候，天色還未大亮，但這些寶樹卻映出燦爛的光明，真是好看極了！我正在看時，樹林中忽走出一個極好看的女孩子來。她手裡拿一籃食的東西。她把這個籃子擺下，人立刻不見了。我這時已經餓得半死，但還不敢吃東西；立刻先走到寶玉樹旁邊，採了這一條樹枝來，帶回來給你。這條樹枝採來以後，我們才上船吃剛才仙女給我們的東西。早上的時候，太陽升在天上。蓬萊山不見了。一陣好風把我們吹回家；只有幾天，我們就到家了。我一下船就立刻跑到你這裡來。」

眼淚從公主眼眶裡流出來，她想公子為要得到這枝寶玉樹枝，受了多少艱苦。正在這個時候，有三個人走進來，問公子在不在這裡。公子出來見他們。他們問公子道：「你現在可以給我們錢麼？」公子臉紅了，跳起來要把他們趕出門外。但是竹公主卻止著公子，叫他們暫時不要走。

她問他們道：「你們問公子要什麼東西？」

他們答道：「我們為公子做了一枝寶玉樹枝，做了三年，現在才做好。所以來問他要錢。」

竹公主問道：「你們在哪裡做這個東西呢？」

工人道：「在海邊一間小屋子裡。」

竹公主又問道：「公子也同你們在一起麼？」

工人道：「是的。」

公子這個時候，真是難受，臉上一塊紅，一塊白；又是生氣，又是慚羞。他

知道竹公主不再信任他了，立刻跑回家去，永遠不敢再來。

竹公主就把寶玉樹枝賞給工人，酬他們三年工作的勞力。他們快快活活地走出門外，念竹公主的恩德不止！

五　火鼠皮衣

竹公主叫第三個公子去找的是火鼠皮衣。這個衣是火鼠的皮做的。據說人穿在身上能夠入火不燃。上文曾說過，第三個公子是個很有錢的人，並且做人很好，人家都喜歡他。他的朋友到處都有。他有一個最親密的富友住在中國。公子差一個僕人帶了一大袋的金子給這位朋友，叫他去找火鼠皮衣。

這位朋友讀了來信，非常憂愁。他說道：「我怎麼能辦這件事呢？誰也沒有聽見過有什麼火鼠，用它的皮做衣服，能夠入火不燃。但是公子既然託我辦，無論如何，我總要替他試辦一下。」

他打發了許多人到中國各地去找這件奇怪的衣服。但是他們全都空手回來，回說找不到這個東西。

他差人到各個寺院去問，打聽和尚們有沒有看見這種東西，或是知道在什麼地方可以找到。但是和尚們也都搖頭回一句：「不曉得。」雖然也有些人說他曾經聽見人說過，世間有這樣一件東西，但是他們卻始終不知道究竟在什麼地方可以找得到。

他又問了許多商人。他們各處做買賣，什麼事情都是很熟悉的。但是對於這個東西，他們也都回說不知。

他沒有法子，自己想到：「我受公子委託，本應把這件事辦妥，才對得住他。但是世上實在沒有火鼠皮衣這個東西，叫我到哪裡去找呢？只好明天差一個人把那袋金子送還了公子罷。」

第二天早上，他正想打發人動身去，忽然聽見路上有許多人在那裡呼嚷。他跑出去一看，原來是一群叫花子（即乞丐）經過。他想：「也許他們知道火鼠皮衣產生在什麼地方，我不妨問問他們。」

於是他打發人把這班叫花子都請進來。叫花子一個個都很驚奇，不知這個大官人叫他們進去作什麼。

他告訴他們一切事，問他們有沒有看見火鼠皮衣，或是知道什麼地方有這個

東西。他們很驚奇地看著他。有幾個差不多要笑出來。他們想想真正奇怪：這樣一位大財主，還不知哪裡去找火鼠皮衣，我們乞丐又怎麼能夠知道呢？一個一個的都告訴他說他不知道。

後來他們都走盡了。只有一個老乞丐留著。他對他說道：「大官人，我小的時候，曾聽見我祖父告訴過我這件火鼠皮衣的藏的地方。現在還仿佛記得。它藏在離此數千里遠的一座山頂的一所寺院裡。」

他很奇怪，他以前也打發人到這座山去過，為什麼這個人不知那裡藏有火鼠皮衣。就叫這個人來問。他回道：「這座山上，並沒有什麼寺院。」老乞丐道：「不差，現在也許沒有了。但在我祖父時，那裡確有一所寺院。因為他老人家在那裡住過許久，並且曾經親眼看見過這件火鼠皮衣。」

公子的朋友就打發好些人同這位老乞丐一塊兒動身，到那座山上去找這件奇怪的衣服。

他們到了山上，到處找不到寺院。只是在山頂上找到了幾根石柱和許多石階。可以知道當初實是有一所寺院在那個地方。他們大喜，在亂石中細細地尋找。最後在石堆下面找到了一個鐵箱。

「火鼠皮衣大概是在這個鐵箱裡面吧！」他們非常快活地想，立刻用力把這個鐵箱開了。鐵箱裡果然擺著一個大包袱。解開包袱，又有一層包袱，直到解了十幾層包袱，才發見一件非常美麗的皮衣，他們想，這一定是火鼠皮衣無疑了。立刻與匆匆地晝夜兼行回家。

公子的朋友得了這件衣服，更是喜歡得了不得。把公子給他的金子，都分散給找到這件衣服的人。立刻差一個人把這件火鼠皮衣送給公子。

公子的喜歡更是不用說了。他立刻打開了鐵箱，取出皮衣，對著這件銀白色的美麗的奇衣，高興萬狀。心裡想到：「竹公主如果看見這個東西，要多少喜歡呀！」

他心裡又記住，火鼠皮衣擺在火裡燒了一回，是可以更白一點的。他道：「我把他再擺在火裡燒一燒，豈不更好看了麼？」

於是叫人打了一盆極旺的火來，把這件火鼠皮衣擺在火裡。只見一陣煙起，這件皮衣，立刻燒得只剩一點白灰。公子連忙伸手去搶，哪裡搶得及！

可憐的公子呀！他心碎了！他也不怪他的朋友，因為他知道他決不是故意騙他的。他想道：「幸喜這件衣服還沒有送到竹公主那裡去。如果當她的面燒掉了，

他豈不以為我有意騙她嗎？」

他心裡萬分難受，只好寫一封信給竹公主，告訴她這件事，立刻收拾行李動身，避到別的地方去。

竹公主知道了這件事情，心裡非常憂愁，因為她想這位公子倒實在是一個誠實的人。她寫了一封信，叫公子到她家裡來，但是他已經動身走了。自此以後，她永遠沒有得到他的消息。

六　燕巢裡的貝殼

現在再講去找燕巢裡的貝殼的第四個公子的事情。

這位公子聽竹公主叫他去找燕巢裡的貝殼，就滿口的答應。回家以後，叫他的總管到他面前。

他問他的總管道：「你知道燕子的巢裡有貝殼藏在那裡麼？」

這位僕人嚇了一跳，驚奇地問道：「貝殼藏在燕巢裡？到底是什麼巢裡？」

公子道：「我不知道。我只要你把燕子巢裡的貝殼找出來給我。我要這種貝殼。」

總管回道：「我實在不知道。也許管花園的人他能夠知道。我可以叫他到這裡來麼？」於是他就去叫了園丁來。

公子問園丁道：「你知道哪一個燕巢裡有貝殼藏在裡邊麼？」

園丁道：「我不知道。最好是去問問挑水夫，他也許知道。」於是他就去叫了挑水夫來。挑水夫也回說不知道，又去叫了別一個僕人來。這個僕人又回說不知道，又去叫別一個僕人來。如此，你叫他，他叫你，把家裡許多僕人都問完了，還是打聽不出來這件事。沒有一個人能夠知道哪一個燕巢裡藏有貝殼。

公子沒有法子，只好召集了許多家裡和街上的頑童來問。因為他們一天到晚的爬梁上柱，捉雀拿燕，一定可以知道燕巢裡有沒有貝殼。有一個童子說：「我想，我曾看見過一回，不久時候以前，我爬到廚房的梁上，想拿下幾個燕子的小卵來玩玩。好像看見一個燕巢裡有一片白色的貝殼在裡邊。」

公子聽見這話，非常喜歡。立刻叫許多僕人到廚房裡去，要他們把那個燕巢裡的貝殼拿下來。他們去了，看了看又回來。回報公子道：「我們爬不上梁去，梁太高了。燕巢又在梁上頂高的地方，更不容易上去。」

公子氣極了。大聲責罵他們道：「你們吃飯不做事的東西！長了這麼大了，連梁也爬不上麼？非要你們爬上，把一個一個燕巢細細地找過不可。找不到貝殼，不要想再見我的面。記住了！非找到不可！去罷！」

僕人們只好唯唯地又到廚房裡去。他們盡了三天的力量，用了許多方法，只是爬不上梁去。

最後，他們想到一個好辦法了。用一個大籃子，繫在一根粗繩上。人坐在籃裡，把繩子擲過梁上。用力拉繩子的一端，籃子就會升到梁上去了，他們用這個方法升到梁上，細細地把一個個燕巢都看過，但是始終找不到貝殼。

公子等了許多日子，不見他們的回報。漸漸地焦急起來。自己跑到廚房裡去看他們到底在那裡做什麼事。

他問道：「你們已經找到那個貝殼了麼？」

僕人們答道：「沒有。每一個燕巢都找過了。但是沒有找到什麼貝殼。」

公子不信，想自己爬上去看。僕人們勸他不要上去，他不答應，自己坐在籃子裡，叫僕人立刻把他拉上去。

僕人們怕他生氣，不敢多說，就把繩子拉起。他坐在籃裡，漸漸地升到梁上。

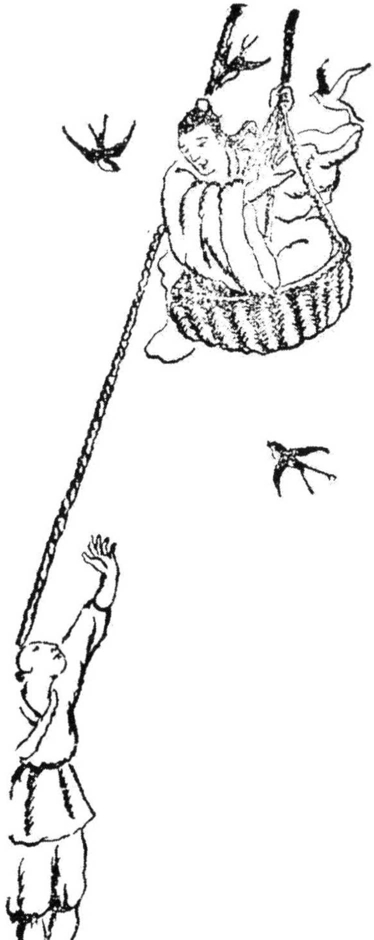

燕子看見又有人近到他們巢邊，就成群地飛來啄公子。因為它們不願意它們的卵都給人弄破，它們的房子都給人弄壞。公子用手去趕它們，但是趕去又來，始終不能趕去。連公子的眼睛也幾乎給他們啄出。

公子大叫道：「救命呀！救命呀！」僕人們把繩子慢慢地鬆了，籃子就漸漸地下來。正在這個時候，他又記住貝殼了。就伸手向一個燕巢裡去拿。正抓到一個堅硬的東西。但是同時重量失其平均，籃子一側，他掉到籃子外邊去了。不偏不倚，正掉在熱鍋子裡。

僕人們手忙足亂地把他從熱鍋子裡拉了出來，但是他已經燙得很利害了。在他手裡，還拿著一片殼子，但不過是一片卵殼，並不是什麼貝殼。卵黃卵白流得他一臉上都是。

他因為燙得太厲害了，睡在床上好幾天起不來。終日呻吟，只顧得痛，連竹公主也不想。病好以後，他永遠不敢再上梁探燕巢，也永遠不想再見竹公主了。

七　龍珠

四位公子，都失敗了，都不敢再去見竹公主了，現在只剩了一位第五個公子。他是被竹公主差去找龍頷下之珠的。

這位公子雖然是非常怯弱的人，卻是慣會說大話的。自然他極願意得到龍珠。但是他卻沒有那樣傻，想著自己去取這個東西來。

他召集了家裡的僕役、兵士們來，告訴他們他所要得到的東西，叫他們去找。他給了他們許多金銀，供他們路上花用。他嚴厲地吩咐他們道：「去罷，你們！如果沒有得到龍珠，請你們不要回來見我。」

僕役們和兵士們受了這個命令，不敢再說什麼，只好取了路費，走了開去。但卻不去找龍珠；乃是跑回家，另尋別事去了。什麼龍珠不龍珠，他們是不管的。他們相信世間沒有這樣一件東西。就是有，龍也是非常心愛的，決不肯讓人拿了去。他們是凡人，怎麼敢同龍爭奪呢？

但是公子卻不知道這一切事，他還以為他們真是去找龍珠呢。同時他就在他所管的地方，起了一所非常宏大美麗的宮殿，預備將來給竹公主住。他並不疑心他的僕人會騙他，自己心裡拿得千穩萬穩，以為竹公主一定是為他所得。所以必須先蓋一所好房子給她住。

房子蓋好了。柱子都是很精緻的雕刻，鑲著光彩四耀的珠玉。房子裡邊更是非常講究。通國裡差不多沒有看見有比他再好的房子。

他看著房子都布置好了，找龍珠的僕人還沒有回來，未免有些著急。一天一天的過去，他們還是音信全無。

一年又過去了。他真不能再等了。心裡非常生氣，決定自己去找龍珠回來。僕人們都是靠不住的！

他於是召集了留在家裡的僕役，叫他們去預備船隻，說要自己去找龍珠。

僕役們聽了這句話，非常驚慌，都懇求他不要去，因為怕去了，會引起龍的怒氣，說不定要把他們吞了。

「懦夫！」公子怒罵道：「懦夫！看著我！不要怕，有我呢。你們想我會怕什麼龍麼？」

於是他們就動身了，起初兩三天，海上風平浪靜。天氣又非常晴明。公子自誇道：「是麼？你們看龍不是怕我麼？」

當天晚上，起了一陣大風浪，又是打雷下雨。船在水上簸蕩不定。浪花都打到艙面上來，弄得船上沒有一處不是濕的。加之大雨又傾盆而下。雷聲隆隆，慘綠的電光，不時的一亮，勇敢的公子，到了這個時候．什麼豪氣都沒有了，他時時提心吊膽，怕船會覆沒；又是害怕，又是暈船，只是靜靜地躺住，不絕地呻吟。又叫水手們救一救他。他嚷道：「你們為什麼把我帶到這種地方來！想害死我麼？立刻把船駛回去，不然，我就要拿我的大弓把你們一個一個地射死。」

他們聽了他的話，幾乎都要笑出來。因為這次出來，完全是他自己要去的。講到射箭，更是可笑。他們都知道，他是連小弓都拉不動的。怎麼會射死人！

水手就回答道：「公子呀！這次風浪一定是龍造成的，他聽見你說，你要殺死他，把他頷下的珠取去，所以生氣地起了這一陣大風浪。最好你向天立誓，允許不傷害他，那末，他也許會讓我們活著。」

公子只要風浪平息，什麼事都可以辦。聽了水手的話，立刻就向天禱告，連說不敢傷害，並且連它的一條尾巴上的毛也不敢再去動它。

過了一會，風浪靜了，但是公子還是不能起床，直到船駛到了一個岸邊，他們扶他下船，他才有些心定。

海岸離他本鄉很遠。陸路是不能通的。他又不敢再坐船了。所以就留在這個地方，過他的餘生。現在就有一百個美麗的公主叫他回來，他也不敢再回去了。

他築起來等著竹公主來住的大宮殿，也從此以後荒蕪著，沒有一個人住在裡邊。只有狼鼠和鳥在那裡做窩，春天到時，間有幾隻燕子在裡邊飛來飛去罷了。

竹公主卻很喜歡他從此以後，沒有再來打擾她。

八　富士山之煙雲

一年一年地過去，竹公主的父母年紀都非常老了，但是竹公主卻一天一天地更美麗起來，做人也更和平，更慈悲。到了她二十歲的時候，她的母親一病死了。自此以後，她漸漸為憂愁所籠罩了。

每當月亮漸漸地圓起來，射她的銀白色的光明，臨終照於地上的時候，竹公主總是獨自一個人跑在沒有人的地方嚶嚶地哭。

有一個夏天的晚上，她靠在窗邊，看著天上的明月，哭得非常厲害，好像她的心已經碎裂了。

她父親走到她身邊，問她道：「女兒，你有什麼事，儘管告訴我。不要這樣哭，使我老人傷心。」

竹公主回答道：「親愛的父親，我的哭是因為我知道我快要離開你走了。我的家住在月亮當中。我以前偶然到了世上來，現在是我回去的時候了！你們待我非常好，我實在捨不得離開你，但是又不能不走。所以我很傷心。第二回月亮圓時，他們就要來接我了。」

她父親聽了這話，也非常憂愁，但是回答她道：「你以為我會讓人把你取走麼？不要怕。我就到國王那裡去，請求他的幫助。」

她很憂愁地答道：「沒有用的。時候一到，無論什麼人都留我不住。」

但是她父親不聽她的話，還是到國王那裡去，告訴他一切事情。由竹中拾著竹公主的事說起，一直說到她要回到月宮去的事，國王很受感動，稱讚竹公主的仁孝。就安慰了老人幾句話，答應發一大陣的兵去看守竹公主的房子，不使月中的人把她接回去。

老竹匠回家非常快活，但是竹公主卻比以前更憂愁了。

舊月亮漸漸地沉下去了。有幾個晚上，只看見一片青天和許多閃耀的星光。

看不見月亮。到了下月初二三日，太陽西沉以後，如鉤的新月可以在西方看見了。每過一個晚上，新月就更大，更圓，更亮。竹公主看著月亮漸漸地圓了，大了，心裡更覺得愁苦。

國王記住他允許老人的話，一看新月出來，就派兵去守著老人的屋子。周圍都是兵，連屋頂上也有好幾百人坐著。在這種嚴密的守衛之下什麼人能進得屋裡去呢！

月圓了！竹公主坐在窗旁一張椅子上，眼看著月亮上升。一團銀白色的大球，由東方升起，起初露出半面，後來漸漸的立於山頂，漸漸地升於中天。

萬籟無聲，四周靜寂。

竹公主走到她父親身旁。他正躺在床上，好像已經睡著。當她走近床沿時，他張開眼睛，看她一看，說道：「我現在知道你為什麼要走了。因為我要走，所以你也走了。謝謝你，好孩子！你到我家裡以後，我們沒有一天不快活的。」一說完了話，他眼閉了。她知道他是死了。

這時月亮正升在中天，放射清潔如水的銀光在大地上。有一線白光。又如煙，又如雲似的，由天上降到地上，好像一座仙橋。

由這座橋上，下來了成千成萬的穿著銀白色甲冑的兵士。如一陣風吹起的煙一樣。什麼聲響也沒有，也沒有一點風，只見這一陣兵士潮流不絕地由天而下。

國王派來的兵，站在那裡好像變成了石頭。

竹公主走出屋外，去見這個兵陣的軍官。她說道：「我預備好了。」她說了這句話以後，四圍又沉寂無聲了。那位軍官一聲不響地拿一杯酒給竹公主。竹公主也一聲不響地喝了。這就是「忘酒」。喝了這個酒，世上的一切事情，她都忘得乾乾淨淨了。現在她又是月中的一位仙女了。

軍官拿一件白衣給竹公主穿，她的舊衣裳，掉到地上，不見了。

竹公主隨著月宮的軍隊由白煙似的橋上升上去，漸漸地升過富士山頂。更高，更高地，升到月旁，然後不見了。大概他們是已經進了月宮的銀門裡了。

到了現在富士山頂還常常有一縷煙雲，圍繞於上，好像這座仙橋，還豎在那裡一樣。

——日本的神仙故事，鄭振鐸譯述

八十一王子

有一個地方的國王，他生了八十一個兒子。八十個兒子都是勇敢驕傲的人，只有最小的王子，就是第八十一個王子，是一個謙虛好善的人。他們都看他不起，非常地憎惡他。

第八十一王子無論看見什麼人都有禮貌，決不敢擺出王子的架子，去虐待一個百姓。他的八十個哥哥都道：「你這種行為，實在不像是一個王子，倒像是一個普通的樵夫或僕人。你為什麼要對一切百姓那樣恭敬呢？難道他們是你的朋友嗎？」

但是無論他們怎麼勸，小王子還是照舊做去，對百姓極謙虛，極恭敬。他的哥哥們見勸他不聽，更加討厭他了。

有一個極美麗的公主住在很遠的地方。她要招一個王子做她的丈夫。王子們得到這個消息，都非常喜歡，立刻收拾行李預備動身到她那裡去。把所有的行李都叫第八十一王子挑了。不准他同他們一起走。只准他在後面挑行李。小王子很高興地照他的八十個哥哥所吩咐的話做去，並不生氣。

經過了許多山，許多水，他們走到了海邊，在這個地方，他們看見一個可憐的小兔子躺在道旁呻吟著。他身上一點毛也沒有，很像一隻被屠夫刮去了毛的小死豬，太陽晒在它肉上，它覺得悶熱痛苦。它向八十個王子叫道：「唉，好朋友呀！我快死了。你們救一救我吧。誰能告訴我用什麼方法才能把我身上的毛再生長出來麼？」

驕傲殘忍的王子們對著可憐的小兔子笑。其中有一個王子回答道：「你願意使你的毛再長出來麼？我有一個法子，你用不用？你快些到海邊去，跳入水中，洗了一回澡。海裡的鹽水能夠使你的毛復生，如果你要它快長出來，那末，洗完澡後，你可以躺在那塊岩上，受太陽晒，受風吹。」他說完話，同其餘的王子笑著走了。

小兔子不知道他的話是騙他的，還當他是真話。立刻跳入鹽水中洗澡。洗完澡，又跑上岸來，躺在那塊岩上受風吹，受日晒。但是可憐的小兔子呀！鹽水沁入皮膚中，只有使它皮膚更加痛苦而已，風一吹，太陽一晒，它的苦更甚了。

它連動也不能動了。只躺在岩上呻吟叫喊。忽然它聽見一個人很溫和地在岩下問道：「為什麼事？你要不要我的幫助？」

小兔子呻吟道：「唉！我快死了！」過了不久，它看見一個人爬到岩上。這個人就是第八十一王子。他把行李擺在岩下。自己爬上岩，走到小兔子身旁。他看見小兔子這樣痛苦，很可憐他，俯身問道：「小朋友，你為什麼事這樣呻吟？唉，你的身上的毛哪裡去了？」

小兔子答道：「唉，說來話長呢。我這個苦是應該受的。請你細細聽我說。我有一天乘船到那邊海島上去遊玩。因為玩得太高興了，不知道船已經先開走。我到岸旁看船已沒有，覺得非常著急。我向海邊看了許久，也沒有一隻船經過。後來看見一隻鱷魚招呼道：「鱷魚，鱷魚，到這裡來，我同你說幾句話。」他游到岸邊，我對他說道：「在這海裡共有多少鱷魚呢？」他答道：「這海裡的鱷魚的數目比我背上所有的鱗甲還多呢。」我說道：「你們的數目總沒有我們兔子多。在那邊岸上的兔的數目比我背上的毛還多呢。」鱷魚道：「讓我們數一數看。」我說：「好的。你們鱷魚由這裡起，一條一條地排在海面上，一直排到那邊陸地上。我由你背上跑過去。一邊跑一邊數。然後我們再去數兔子的數目。看看哪一類的數目多。」於是海中的鱷魚都來了。它們在海面上列成一排，剛好由島旁排到陸地旁邊。我跳在它們背上，一邊跑，一邊算。唉！我真傻呀！當我走到陸地旁邊，蹈在最末一隻鱷魚的背上時，我大笑說道：「你們可笑的東西！你們以為我是要數你們是多少隻麼？錯了錯了。我實在是要你們做我的渡海的橋梁呢。謝謝你們的厚待。再見了！」我說完了話，正要跳上岸去，不幸身子已經被最後一隻鱷魚捉住了。他捉住我，把我身上的毛全都拔下。他臨走的時候，向我說道：「我們也要知道知道這岸上的兔子到底有多少。所以拔下你身上的毛計算計算看。」海上的鱷魚都張開大嘴笑了。

小王子說道：「你受這個苦是應該的。但是以後呢？還有話沒有說完麼？」

小兔子道：「是的。我實在應該受此苦。以後決不敢再欺騙別人了。自我的毛全拔去了以後，沒有法子，只好躺在海岸旁呻吟著，求人幫助。忽然來了八十個王子。他們只管對我笑。內中有一個對我說，叫我到海裡鹽水中洗澡，然後，再跑到這個岩上，躺在這裡受風吹日晒，用這個法子，我身上的毛一定可以復生。我錯信了他的話，照他所說的辦了。但是現在你看呀！不單我身上的毛一根也沒有復生，我全身的肉被鹽水一洗，反覺得比以前更痛得厲害了。」

小王子很替可憐的小兔子擔憂。因此，帶它到一個清水的泉旁。他對小兔子

說道：「請跳下去，在這水裡洗了一回澡。這樣可以把你身上的鹽水洗去。我去找茉莉花和樹葉。把它們蓋在你身上，你的毛可以復生。」

於是小兔子跳在清泉裡洗澡，小王子替它去找藥草。等它洗完了澡，小王子也已把花和葉找回。

小王子叫小兔子靜靜地躺在地上，用採來的花葉替它蓋上。小兔子覺得身上不痛了。過了一會，它身上的毛果然復生了。

於是小王子挑起行李，別了小兔子，起身去追他的哥哥們。他走了許多路，行李又重，到了美麗的公主所住的地方。他已經是疲倦極了。他看見他的八十個哥哥都在這裡。當時，美麗的公主還沒有見他們。他們遷怒於小王子，以為這全是他的過失。

等了兩天，公主還沒有出來相見。他們生氣了。想不見她就回家。忽然公主差了一個人來。大王子道：「好呀！她要見我了。我知道她差人來是叫我去的。」二王子叫道：「不是的，不是的！她所要見的人一定是我。我知道她是叫我去的。」三王子插嘴道：「你們都是傻子。你們不知道她要見我麼？我比你們漂亮得多呢。我知道她一定是差人來叫我。」

公主的差官，等他們吵鬧完了，才說道：「我們的公主要看那個替八十個王子挑行李的人。請他就同我一同進宮。」

小王子放下行李挑，跟了差官一同進宮。

差官帶他到公主的客廳裡。公主已經坐那裡等他了。她的相貌真是美麗呀。小王子永遠沒有看見過有像她那樣美的女人。那一隻曾被鱷魚拔去毛的小兔子正站在公主旁邊，它的毛還沒有長得十分長。

公主對小王子說道：「我的朋友，我很感謝你在路上幫我的小兔子許多忙。要沒有你，它算不定已經死了。它剛才回家來告訴我這件事。唉，你有這樣好心為什麼不過是一個挑行李的僕人呢？」

小王子告訴她道：「美麗的公主呀！我不是一個僕人。我的八十個哥哥，他們要來見你，叫我跟在後面，替他們挑行李。其實我也是一個王子，同他們一樣。」

公主道：「你對我的小兔子那樣好心，我用什麼東西報答你才好呢？你要什麼，我都可以給你。」

小王子答道：「美麗的公主呀！我不要別的，只要永遠同你一起住在這裡。不知你能答應麼？」公主點頭答應。

於是小王子就做了這個地方的國王。小兔子也成了他的最好的朋友。

至於那八十個王子呢？他們知道沒有希望，只好垂頭喪氣找路回家。這一次，沒有人再替他們挑行李了。他們只好自己挑著走。

——日本的神仙故事，鄭振鐸譯述

米袋王

古時，有一個兵士，帶著弓箭到外邊去遊歷。有一天，他走到一條河邊，想由橋上走過去，忽見橋上躺著一條大蛇，張口吐舌，非常可怕。因為他躺在這裡，弄得什麼人也不敢過橋，但是這個兵士是很勇敢的。他經過許多戰爭，見過無數的可怕的事。一條大蛇擋路，在他看來是算不了什麼事的。所以他不肯轉身跑走，反而勇敢地走上橋，踏在蛇背上過去。這個時候，大蛇忽然不見了。只有不到一尺長的小人站在他面前。小人見他要走，立刻跪下去，很恭敬地對他叩頭。小人一邊叩頭，一邊說道：「我到現在才找到一個勇敢的人。我變成一條蛇躺在這裡，等了許久，要找一個有勇氣的人，能夠幫助我的，但是總是不能找到。因為他們一看見我就不敢過橋了。只有你能夠不怕，能夠不跑回去而反走過來。你真是一個勇敢的人。你願意幫助我，救我們許多性命嗎？」

兵士答道：「我是一個兵士。本來是應該救死除暴的。請你起來，告訴我你是誰，要害你們的是什麼人。最好把你的事情詳詳細細地講給我聽，我才可以幫助你。」

小人又叩了一個頭，站了起來，說道：「請你聽我說。以前的時候，這條河的水非常乾淨。風景也很美麗。我們的小魚兒在水面上游來游去，永沒有受什麼危險。近一二個月，山旁森林中，忽然出來一條可怕的大蜈蚣。它每天到河邊飲水。它把它的千多隻有毒的足，伸入美麗的河水中。把水流弄得混濁而且有毒。並且它還殺死了許多河中可愛的魚類。我是河中之王。如果不想法子救救我的小魚，恐怕它們全都要給這個惡魔殺死了。」

兵士說道：「我很願意幫忙你把這個可惡的蜈蚣殺死。但是我不知道怎麼樣才可以幫你忙。姑且跟你一塊走，試試我的弓箭。」

小人就同兵士一起躍入水中，來到水底上小人的宮裡。河王住的宮真是美麗呀！他的牆壁窗戶以及柱子、地板，都是用珊瑚、珠玉、水晶和寶石做成的。他的許多僕人，如鯉魚、金魚等都是穿著非常好看的衣裳。他們用小小的碧玉盆子盛了米飯，各色果子，及許多菜蔬，請兵士吃。招待得非常殷勤。

兵士正在吃飯的時候，聽得河岸上有許多喧嘩震動的聲音，好像一座大山在河岸上震動一樣。河王和許多魚類都大起驚慌，向兵士說道：「大蜈蚣又來了！

這些振動的聲音，就是它的一千多隻毒足在石路走動的聲音。我們最好快一點出來。過一會兒。它就要到了河旁，把河水弄濁，並且殺死許多魚兒了。」

兵士立刻起身，同小人一起到河邊去，看見大蜈蚣已經快要走到河邊了，這個大蜈蚣的形狀真是可怕。它的頭同牛頭差不多大，全身有五六丈長。它的一千多隻腳，全都發出紫色、綠色的亮光，好像一陣大軍，各人手裡執著一盞美麗的燈，在那裡走動一般。

兵士拿起大弓，安上一根箭，向蜈蚣頭上射去。他的射法是極準的，永遠不會不中。這根箭由弓上射出，恰好射中大蜈蚣的頭額。但是它好像不覺得。因為箭射不進它的頭，向旁邊滑去了。兵士又安上第二根箭，向大蜈蚣射去。雖然也是射中，但是又向旁邊滑去，不能把它射死。

兵士只剩下一根箭了。大蜈蚣一步步走近，快要走到水邊了。兵士心裡很焦急。河王更是萬分地驚慌。

忽然兵士記起當他小的時候，他的祖父曾告訴過他說：「如果你把箭頭擺在嘴裡弄濕它，就可以殺死一切的怪物。」

他立刻把最後的那根寶貴的箭擺在嘴裡弄濕了，然後把它安在弓弦上，對準

大蜈蚣頭上射去，剛好射中它前額，它大叫一聲，倒在地上死了。

小人見兵士替他除了大害，非常感謝他，想把許多禮物送給他。但兵士一點也不受。他說：「救死除暴是我的責任。決不敢受什麼報酬。」小人沒有法子，只好叩頭送他回去。

當兵士到家的時候，他看見他的舊房子已經沒有了。在那個地方另外有一所新的宏壯的房子。他起初很疑惑，不敢走進去。後來看見門上寫了幾個字道：「河王把這所房子送給勇敢的救了他們的先生。」他沒有法子，只好進去住。房子裡邊，設備非常完全。一切應用的器具都是極華麗的。在客廳上，又有五件寶物堆在地上。每一件上面都寫著：「河王感謝勇士，送這件東西給他做紀念。」

第一件是一口大銅鐘，在鐘外面，刻著兵士射死大蜈蚣的故事圖，還有許多字，記載這件事的始末。第二件是一把寶劍。用這把劍的人常常會得勝利。第三件是一身甲冑，用鋼鐵打成，非常堅固，無論什麼刀箭都不能穿入甲內。這幾件還不算奇怪。最奇怪的寶物是最後的兩件。一件是一大卷的綢布。他要什麼顏色，這個綢布就會變成什麼顏色。並且這一卷綢布，越用越多，永遠不會用完。其他一件是一袋米。也是永遠用不完的。無論他用了多少，總不會用少了的。並且用得越多，袋裡的米也越多。

兵士有了這五件寶物，因此，建了不少的功業。有一年城裡大饑荒，兵士把米袋裡生出來的米拿來救濟災民，把所有饑病的人都救活了。

大家都稱頌他的善行，稱他做米袋王。

這就是米袋王的故事，到現在還有許多人把他告訴給小孩子聽。

——日本的神仙故事，鄭振鐸譯述

彭仁的口笛

古時，有一個國王，他養了許多兔子，下令召募養兔的人。許多人都去應召。但是到了不久，兔子不是病死，就是走失，沒有一個人能夠供職到兩天之久。國王的刑罰又嚴，如果有一隻兔子死了或走失了，看管的人就要打一百軍棍。所以到了後來，大家都怕了，誰也不敢再去嘗試。

國王出了重賞，招募看管兔子的人。

在一個鄉僻地方，有一個農夫的兒子，名字叫做彭仁。他平常做人極好。但因為太好了，所以往往受人侮蔑。他家裡本來很有錢，後來都分散完了。到了他窮的時候，以前借過他錢的人，沒有一個再肯去理他了。當國王下詔的時候，他正是窮得連飯也沒有吃。聽見這個消息，他想，應召而去，也許可以混一碗吃。於是他就動身向城裡走去。

他走了一會，看見路上有一群人圍在一處，在那裡大笑。他覺得奇怪，連忙也擠進去看，看見一個老婦人，站在一株枯樹旁邊。她的鼻子，夾在樹枝當中。

無論她怎樣掙扎，也不能把鼻子拔出。看的人越聚越多。看她的怪狀，沒有一個不哈哈大笑的。老婦人叫道：「你們當中無論哪一個人，做做好事，幫助幫助我，把我的鼻子拿出來罷。痛死了！痛死了！」但是看的人只是大笑，沒有一個人肯動手去幫助她。彭仁心中不忍，和聲地問道：「嬤嬤，你為什麼把你的鼻子夾在樹枝裡了？」老婦人答道：「唉，有一百多年沒有人叫我一聲嬤嬤了！來，你是好人，來幫忙我把鼻子拿出罷。」彭仁答應了。用了許多力量，才把她的鼻子由樹枝裡拔出。看熱鬧的人漸漸地散了。

老婦人道：「唉！我站立在這裡，一百多年沒有吃東西了，你能給我一點東西吃麼？」彭仁由袋裡取出一個燒餅給她吃。老婦人道：「你真是好人，我送你一個好東西。」

說著，她從衣袋裡取出一管口笛送給他。這管口笛真是奇怪。他從這一頭吹起來，可以任意把所要散開的動物向四面散開。他從那一頭吹起來，又可以使那些已經散開的東西，重新聚集攏來，一個也不會走失。如果這管口笛遺失掉，或是被人取了去，只要他心裡想要它回來，它立刻就會再藏在他衣袋裡了。

彭仁得了這管奇怪的口笛，謝了老婦人，就向城裡走去。第二天早上，他到了皇宮前面，要求宮人許他見見國王，因為他願意當看管兔子的人。國王立刻出來和他相見，允許他做看守人，薪俸也特別優厚。但是，國王說道：「如果你把兔子遺失了一隻，你是要打一百軍棍的。」

國王說著，就帶彭仁到兔房裡，叫他把兔子趕出去。

初起，兔子們都很安靜地在草上站著、躺著。一到了正午，它們就漸漸地東奔西跑了。彭仁說：「好罷！你們都去遊玩一會罷！」他把口笛一吹，兔子都四散奔跑，跑得無影無蹤。到了傍晚，他又把口笛一吹，兔子全都奔跑回來，一行一行地站住，同綿羊一樣安靜，跟著彭仁回宮。

國王同王后、公主都站在宮門旁邊等著彭仁回來。他們看見彭仁驅著一大群兔子走來，覺得很奇怪，國王心裡想道：「這個人難道有這樣好的本領，會把我的兔子看管得這樣周到？」他不相信，輪著手指，查點兔子的數目。但是數來數去，一隻兔子也不曾走失。

第二天，彭仁又領兔子到田野裡去。國王叫一個美麗的宮女跟他到田裡，問他怎麼能使兔子聽他的命令？彭仁就由衣袋裡取出口笛給她看，告訴她這管口笛的神異。他說完了話，就向口笛的一頭吹了起來，兔子全都四散地奔逃了。宮女倒很替他擔心。他說：「不要緊！」又向口笛的那一頭吹了幾下。許多兔子又都跑回去，一行一行地站著，同綿羊一樣安靜。宮女道：「這管口笛真好！」她出了一百塊錢，要買他回去。彭仁答應了，把口笛交給她，把錢拿來。她十分感謝地走了。但是走到宮門口，衣袋裡的口笛忽然不見了。這是因為彭仁想著要它，所以口笛自己又跑回彭仁那裡去了。到了傍晚，彭仁把口笛一吹，兔子又跟他一同回宮，國王同王后、公主站在宮門口，把兔子數了又數，又是一隻兔子也不曾走失。

第三天，彭仁又帶了兔子到田野裡去。國王差了美麗的公主和他同去，問他要那管口笛。公主答應：如果他能擔保這管口笛不至中途失落，她願意給二百塊錢買他。彭仁答應了，但是還要公主同他親一個嘴。公主也答應了。於是彭仁拿了錢，公主取了口笛。她把口笛拿在手裡，很留心地握住，不使它飛跑掉了。但是當她走到宮門口，偶不留神，口笛由她手中滑下，立刻不見了。

到了傍晚，彭仁又帶了兔子回宮，仍是一隻兔子也不曾走失。

第四天，王后自己到彭仁那裡去，要他把口笛賣給她。起初她只肯出五十元，後來加到三百元，才把口笛買了。但是一到了宮門口，她手裡拿的口笛仍舊是不見了。傍晚的時候，彭仁仍舊驅著一群兔子回宮，一隻也不曾走失。

國王說道：「這回一定要我自己去了。」第二天一早，他騎著白馬，到彭仁看守兔子的地方去。他下了馬，同彭仁談得很親切。彭仁取出了口笛，指示給國王看。他向口笛的一端吹了幾下，兔子全跑得無影無蹤。過了一會，他又向口笛的別一端吹了一會。兔子由四面跑回來，一隻也不曾走失。他們很安靜地站在彭仁旁邊，好像一群和善的小綿羊。國王說：「這管口笛真好！」他要向彭仁把口笛買來，出了一千塊錢的高價。彭仁說：「這管口笛，我是不賣的。但是如果你肯同繫在樹下的白馬接吻，我就可以把它賣給你。」國王答應了。他取出絲的手巾掩在嘴上，然後同馬親嘴。他取出一千塊錢給彭仁。彭仁把口笛給他。他拿手巾把口笛包好，又用絲帶縛了。然後把它擺在香袋裡，又用絲帶縛了。把他擺在貼身的衣袋裡。他想這樣藏法，一定不會再失落了。但是當他走到宮裡，取出香袋一看，口笛已經不見了。到了傍晚，彭仁又驅了兔子回宮，一隻也不曾走失。

國王非常生氣，說他用魔術騙了他們，一定要殺他。彭仁說，他們要殺他是不正當的，因為口笛是他們要買的，他並沒有存心騙他們。國王叫他把得這管口笛的始末說給他們聽。彭仁就把他的身世源源本本地說給他們聽，他怎麼在家鄉受人騙，怎麼遇見老婦人，怎麼她送他這管口笛。他們聽了，都覺得可憐他。公主也很愛他。國王后來就把公主嫁給他。他們結婚的時候，兔子也成群跑到禮堂來觀禮。那管口笛卻從此不見了。大概是老婦人把它收回去了。

——鄭振鐸譯述

牧師和他的書記

有一個牧師，生性非常驕傲。他每次出門，走在大街上，老遠的就大聲叫嚷道：「避道！避道！牧師老爺來了！」百姓們怕他的威風，都遠遠地避開了。

一天，他出去散步，又一路地嚷道：「避道！避道！」剛好沖見國王出來。國王聽他這樣壞，又是生氣，又是好笑，一直走正路過去，並不理他。這回卻是牧師避道了。

他們走到臨近時，國王把牧師叫住道：「明天請你到我宮裡來，我有三個問題要問你。如果你答不出來，那末請你快脫下你的牧師的衣帽。因為你太驕傲了！」

這種話，真是牧師一生沒有聽見過的。他只知道罵人，說大話，做各種壞事。誰敢向他問什麼問題，他又何曾回答人什麼問題過。但是現在他卻不能不回答。因為要問他問題的，不是尋常的百姓，乃是國王他自己。

但是——除了罵人，說大話，做各種壞事以外，他又知道什麼事！他怎麼會回答什麼問題呢？所以他回家以後，非常憂愁。就叫他書記來商量道：「國王明天要問我問題，叫我回答他。如果回答不來，就要免我的職。你有什麼方法救我？」

牧師的書記是一位非常聰明的人，長得和牧師差不多高，面貌也有些相象。他聽見牧師要他救他，想了半天，說道：「你自己是不能去的。因為恐怕答不了問題，要被他免職。我想——最好還是我去罷。我穿了牧師的衣裳，同你很相像。國王大概不會覺察出來的。」

牧師大喜，就把身上衣裳脫下來，給書記穿。書記穿上一看，真是同牧師一模一樣。只有牧師極熟的朋友才能看得出來他是假裝的。

第二天早上，書記穿上牧師的衣裳，走到皇宮裡去。國王正在坐朝，看見牧師來了，就叫道：「你來了麼？好，我要問你問題了。」

書記答道：「是的，我來了。有什麼問題請你問。不知我能不能答覆你。」

國王道：「第一個問題：東方離開西方有多少遠？」

書記答道：「剛好是一天的路程。」

國王道：「你怎麼知道的？」

書記道：「你不知道麼？太陽由東方升起，由西方落下，不是剛剛走了一天的路麼？」

國王道：「很好！但是現在告訴我第三個問題：我坐在這個地方。在你看來，我到底值多少錢？」

書記道：「救主耶穌值三十塊錢。（耶穌被門徒所賣，門徒得三十塊錢），所以我想：估計你的身價不能高過二十九塊錢。」

國王道：「好的！但是你這樣聰明，能知道我現在在那裡想什麼事情麼？」

書記道：「我以為你所想的是站在你面前的是一個牧師。但是不對。我實是牧師的書記。」

國王道：「你回去罷！就讓你做牧師，叫你的牧師做你的書記！」

於是聰明的書記就永久穿上了牧師的衣裳。驕傲的牧師只好垂頭喪氣地披上了他書記所穿的制服。

——鄭振鐸譯述

聰明的審判官

一　老祖母

老祖母坐在床上，小同和同妹都立在地下，眼珠凝望著老祖母，一動也不動地。三兒靠在老祖母懷裡。他們都靜悄悄地聽著老祖母講故事。

老祖母說道：「孩子們，你們今天要我講故事。我想，講什麼東西好呢？你們喜歡聽什麼？狗兒貓兒打架，好麼？老虎姨的故事好麼？」

小同插嘴道：「老祖母！不好，不好！老虎姨的故事我已經聽大姐姐講過了。你有沒有別的新鮮的故事講給我們聽？」

三兒笑瞇瞇地望著老祖母，懇求似的說道：「老祖母！快些講！快些講！」

老祖母微笑，手摸著三兒的頭頂，說道：「我講聰明的審判官的故事給你們聽好不好？你們不要出聲音，聽我講！」

孩子們靜悄悄地望著老祖母，口都張大著，熱心地聽著老祖母講故事。

二　聰明的孩子

老祖母說道：「印度地方，古時有一位極聰明的審判官。無論什麼疑難的案子一到他手裡，沒有不查出真情來的。他有許多有趣的故事，流傳下來。我要一件一件地慢慢地同你們講。現在先說他小孩子時候的一件事。」

有一天，有四個流氓拿了一罐金子，到旅館女主人那裡去，請她保藏著。這一罐金子都是他們用欺騙的手段得來的。他們說道：「女主人，請你把這一罐子金子保藏著，如果不是我們四個人齊來問你要，你千萬不要把他給我們當中的任何人。」

女主人接了這一罐金子，把它埋在地下。

過了許多天，那四個壞人同在樹蔭底下休息。因為天氣炎熱，他們口渴得要死。有一人說道：「誰願意到旅館那裡去，問女主人要一罐牛乳來解渴？」

一個人應聲道：「我願意去。」

這個人到了旅館，向女主人道：「女主人！請你把那罐金子給我。」

女主人答道：「不能不能！很對不起！要你們四個人全到，我才能還你。」

壞人答道：「好的。」就同女主人一塊兒走到旅館門口，向那坐在樹蔭底下的三個人大聲問道：「你們不是要我把那個罐子拿來麼？」

他們一齊回答道：「是的，是的！女主人，快把罐子給他！」

因此女主人就把那一罐金子，由地下掘出來，交給壞人。那個壞人一接了金子，立刻就跑出門外，逃得無影無蹤。

那三個人坐在樹下，等著吃牛乳；但是左等也不來，右等也不來。他們知道事情有些不妙，一齊起身到旅館那裡去。問女主人道：「那個人呢？」女主人道：「已經拿著一罐金子走了。」

他們非常生氣，立刻把女主人送到法庭去。

他們對法官說道：「我們吩咐她，如果不是四個人同來，她一定不要把那罐金子給別人。現在她竟把那罐給了那個人，誰知道不是她和他通同作弊呢！我們非要她賠償不可。」

女主人氣得臉白身顫，一句話也回答不出來。

法官判決道：「旅館主人，不守信約，應負償金之責。」

女主人離了法庭，一路哭著回去。有一班小孩子正在路上遊玩。其中有一個孩子，名為拉孟的，很可憐這個女主人，問她道：「你為什麼哭呢？」女主人把一切事情都說了。拉孟大叫道：「不公！不公！」

許多人都傳述拉孟的話，說道這個判決不公。這句話不久傳到國王耳中。國王召了拉孟來，召了法官來，也把所有的人——三個原告，和女主人——都召了來，叫拉孟去審問。

拉孟先聽了兩方的告訴，就對三個原告說道：

「不差，女主人照理是要賠償你們的損失的。但是現在你們只有三個人在這裡。一定要你們四個人全來，她才能把那罐金子賠出來還你們！」

女主人得救了。因為那個偷金子的賊人，永遠不會再出現；就是他們四個人永遠不會再齊全。女主人自然是永遠不要把錢拿出來了。

一陣歡呼的聲音，由聽審的人口裡發出來。三個原告低首無言，以前承審這個案子的法官也低首無言。女主人和國王卻大大的快活！

國王把法官免職，就叫拉孟去當法官。

老祖母說到這個地方，停著不說了。孩子們重複吵著。同妹問道：「老祖母，拉孟做了法官以後，還有審什麼案子，再講給我們聽聽吧！」三兒也說道：「老祖母，再講給我們聽聽吧！」老祖母道：「今天太晚了，你們該去睡了。明天我再說給你們聽，有趣的事多著呢！」

孩子們向老祖母道了晚安，都跳跳躍躍地到他們母親房裡去。小同一邊走，一邊挺著胸膛說道：「我是拉孟，我也會審案子！」

三　失寶復歸

第二天天色一黑，小同就嚷著要吃飯；因為老祖母答應他吃完晚飯後再繼續講聰明的審判官的故事。好容易等到擺桌子，等到吃飯。本來小同、同妹和三兒每天吃飯都是很慢的；現在因為愛聽故事的心熱，飯也吃得格外快，竟比老祖母先吃完。

他們的母親覺得很奇怪，問道：「你們三個淘氣的人，今天為什麼吃飯吃得這樣快？想跟父親去看電影麼？」

他們都搖頭笑道：「不是，不是！」幾雙黑漆漆的眼睛只望老祖母那邊看著。

看得老祖母笑了。

老祖母叫三兒過來，問道：「你是不是還要聽拉孟的故事？」三兒笑道：「是的，老祖母！請你快吃完飯，就講給我們聽。」說時，老祖母把飯吃完，大家洗完臉，漱完口，幾個小孩子圍著老祖母，到她房間裡去。母親吩咐道：「安靜些聽著老祖母講：不要打擾老祖母。聽完了，就出來睡覺。」他們連忙答應了。

老祖母坐在床上，三兒坐在老祖母身旁，小同和同妹搬了兩張小板凳坐在床旁，故事開始講下去。

「前回講的是拉孟少時的事，」老祖母說道：「今天再講他做了法官以後所審的案子。」

第一案是失寶復歸：

有一個人，家藏一顆寶石，有酒盅般大，值得十多萬塊錢。有一次他要遠行。把寶石帶在身旁，又恐怕在路上遭強盜劫奪；把它藏在家裡，更不放心。因此，把它拿到一個開珠寶店的朋友那裡，叫他代為保存。他的朋友滿口地答應，並且說道：「你放心，什麼東西藏在我保險箱裡的，決不會失落或被偷的。」他非常感謝，非常放心地走了。

隔了半年，這個出外旅行的人回來了。到家把行李安頓好以後，就去找他的朋友問他要還那顆寶石。他的朋友顯出非常驚駭的樣子，說道：「你寄存在我這裡的那寶石早已取回去了，為什麼還問我要？凡是有東西藏在我這裡的，我都有賬可查。」說著，把他的存物簿拿出，指點給他看，說道：「你看，簿上不是記明某月某日，你已把寶石取回麼？並且，當你取去寶石的一天，還有一個做衣匠和一個朋友都在我這裡，可以做證，證明你已親自把寶石拿走。」

那個寄放寶石的人聽他這一套話，竟呆住了；氣得只要和他拼命。許多人都勸他不動。他們只好一齊到法庭裡去打官司。審判官就是拉孟。

拉孟傳齊了原告、被告和證人。聽了他們的訴說後，拉孟把他們四個人都留下，每個人給他一間房子住，並且給他些黏土，叫照寶石的形狀大小，做出一顆黏土的寶石模型來。

模型都造好了。拉孟把他們細細地試驗一下，看出原告和被告所做的模型一模一樣，毫無差異。兩個證人所做的卻與他們大不相同；由原告和被告的模型看來，寶石是八角形的，有盅口大小。但是那兩個所做的寶石模型，卻一顆是方的，約有黃豆大小，一顆是圓的，約有茶杯口大。

拉孟把模型給他們看，說道：「你們還不服罪麼？證人就是只見過寶石一次，做出的模型，也不應和原物相差如此之遠，顯然你們證明的話都是假的。」

證人沒有話說，只好承認，說是那個珠寶商人買通他們出來作證的。

拉孟隨即判決道：「珠寶商人不應吞沒友人之物；除將原物追還原告外，應監禁一年。證人受賄妄言，依法應監禁五個月。」

這個判決不惟原告和觀審者悅服，就是被告和證人也低首服罪，沒有第二句話說。

老祖母把這個故事講完後，因為時間還早，隨即又講了一節：

四　偷珠賊

一個富人，拿了一串珠子到一間珠寶鋪裡去修理，這串珠上的珠子共有五十顆，但是拿回來時，只剩了四十八顆了。富人大怒，立刻跑去同店主大鬧；店主起了許多誓，證明串上實在只有四十八顆珠子，並沒有五十顆。富人沒有法子，只得跑到拉孟那裡，控告珠寶店主偷竊之罪。

拉孟看著珠寶店主的神色，知道他犯罪心虛。但是聽了他們兩方面的訴說以後，拉孟卻假裝袒護著他，說富人的控告不實，判決被告無罪。

過了好幾天，拉孟悄悄地向富人要他把他的珠串暫借一用，又在家裡找了五十顆同樣的珠子，把他們串在一起。他自己把這一串珠，送到偷竊富人珠子的珠寶商那邊，叫他修理，並且對他說道：「你很忠厚，我所以信你。這是百顆珠子，請你替我換一換串繩，明天就要送回。舊繩已經壞了。」珠寶店主見這位大審判官委託他做事，非常喜歡，立刻就動手替他做，但是他數一數珠子，只剩了九十八顆了，他在桌上找，在地板上找，到處都找到，但是這兩顆珠子總是不見。他害怕起來。因為把大審判官的珠子拋了，實在不是小事！他沒有法子，只好硬著心腸，把以前偷來的同樣的兩顆珠子拿出來補上。

當他把這個珠串送給拉孟時，拉孟立刻指出他的罪狀，判定他的竊盜之罪，把那兩顆珠歸還原主。

老祖母把這節故事講完，壁上掛的鐘正鏜鏜地打了九下。老祖母道：「已經九點鐘。該去睡了。下回再講罷！」孩子們正聽得高興，還不肯走。但知道母親就要來叫他們去睡，不走也是不能夠。所以他們只得懶洋洋地站起身，預備著走。

「老祖母，晚安！感謝你的好聽的故事。」小同很有禮貌地說。

三兒也學著說道：「老祖母晚安！感謝你。」

老祖母很慈善地說道：「晚安，你們！」

於是小孩子們都走了。老祖母微笑地，眼送他們出房門。

五　兩個朋友

今天是禮拜日。同妹和小同的學校都放了假。早上，父親帶他們到吳淞鎮海邊去散步。就在吳淞鎮吃了飯，坐了一點十分的火車回來。吃過飯沒有事，小同又嬲著老祖母，把聰明審判官的故事講完。

老祖母坐在階前一把籐椅上，和暖的日光，正射在她膝蓋上，三兒倚在她懷中，小同坐在石階上。同妹自己有把小籐椅，她把它搬來放在老祖母身旁坐下。

老祖母說道：「孩子們靜聽！現在講拉孟審一個負心的朋友的故事。」

有兩個朋友，交情極好。一個朋友忽然得了重病，看看快死了。他家裡沒有什麼人，只有一個小兒子，年紀不到三歲。他差人找那位朋友來，把這個孩子交給他，並說，「我把財產全交給你。等我兒子大了，依你所喜歡的給他多少財產。」當時就立了遺囑，把他的話也寫進去。

一年一年地過去，那個孩子成人了。他到那位朋友家裡，問他要回他父親的財產，他父親的財產約有一萬塊錢。但這個朋友只還了他一千塊錢。死了父親的兒子不答應，一定要他全給還他。他說道。「你沒有看見你父親的遺囑嗎？他明明地說，依我所喜歡的給你。現在我喜歡給你一千塊錢，你怎麼還要說話？」但是那個兒子仍舊不肯；到了後來，兩人到聰明的審判官拉孟那裡告狀去。

拉孟叫把「遺囑」拿來，他聽了兩方面的話，又讀了遺囑，隨即判決道：「在『遺囑』上注明被告應依他所喜歡的給原告，現在被告只肯給原告的一千塊錢，而把其餘的九千塊錢留起來。可見被告所喜歡的是九千塊錢。所以照遺囑，被告應把他所喜歡的九千塊錢給原告。」那位負心的朋友沒有法子，只好把九千塊錢給還他死了的朋友的兒子。

六　偷雞之鄰人

老祖母把兩個朋友的故事講完了，叫同妹倒了一杯茶來；嚼完茶，她又繼續下去講鄰人偷雞的故事：

一個婦人看她的一隻雄雞飛到鄰居的屋頂上去，她呼喚了半天，也不見下來，過了一會，眼看這隻雞跳到鄰居的天井裡去。以後就不見這隻雞再出來了。她到鄰居家裡，問他們要還那隻雞。但是他們都說：「我們沒有看見你的雞飛下來。如果是飛下來，大約也已再飛上去了。我們天井裡實在沒有雞在那裡。失雞的婦人不信，堅執地說她的雞是在他們天井裡；因為她親眼看見她的雞跳到他們的天井裡去。他們一定說沒有。到了後來，他們沒有法子，只好同到拉孟那裡去告狀。

拉孟聽完了他們的告訴，就命令他們回家去。但是正當他們要走出法庭的門口時，拉孟突然大聲地對堂下觀審的人說道：「偷雞的人真傻，她偷了雞殺了，卻不小心，雞毛粘在頭髮上也不知道，卻還要賴說：她沒有看見什麼雞。」

偷雞的婦人聽了拉孟的話，立刻舉手到頭上去摸索頭髮。

拉孟立刻叫她回來，宣言她是偷雞的人。因為她如果沒有把鄰居飛來的雞偷殺了吃，為什麼聽了這句話就舉手到頭上去摸索呢？那婦人沒有話說，只好承認。拉孟判決：偷雞的鄰人除了賠了一隻雞還給失雞的人，還要罰款若干，以懲她偷竊及妄言抵賴之罪。

七　借指環之故事

上面這段故事很短，老祖母講不到五六分鐘就把它講完了。因為孩子們非常愛聽，她又接講了下面一段故事：

有一個人借了一隻金戒指給他的一個朋友。但是到了問他要還的時候，這位朋友睜目大怒，嚷道：「這個戒指，是我自己的。你幾時借了戒指給我？」

借他戒指的人，立刻到拉孟那裡去告狀。被告傳到了。拉孟叫了一個手飾鋪的夥計來，叫他試驗這個戒指是不是真金的；預先吩咐他說假話——如果是真金的，只說不是真金，只有半成金。到了審判的時候，拉孟叫了他來，高聲說道：「驗一驗看，這個戒指是不是真金的。」夥計看了許久，然後回告道：「這只戒指不是真金的，內雜銅質，只有七成金。」借主大叫道：「錯了！錯了！這戒指是十足的金子打的！」但是那借戒指不還的人，卻一聲兒不響地站在那裡。

拉孟立刻判決道：「這只戒指確是原告的東西，應即歸還他，因為沒有自己的戒指，自己還不知道他是不是真金的。」

借戒指不還的人臉紅了，只得把戒指還了原主。

八　死象與破瓶

小同問老祖母道：「拉孟所審的案子還有沒有？」老祖母道：「只有一件了。」這時天色已經不早，太陽淡淡地照在屋簷，不久就要下去了，但是小同和同妹總想今天把他聽完。老祖母只得又講下去：

有一個人借一隻象（印度以象供騎用）給一位朋友結婚用。但是不幸那隻象走到半路，忽然倒地死了。借主聽見這個消息，跑來大鬧，宣言不要賠錢，也不要別的象賠，只要把那一隻死的象，弄活來還他。借象的人沒有法子，只得到拉孟那裡去告狀。拉孟聽了案情，就叫他們退去，等明天再說。

當日拉孟又祕密地把借象的人找來。教了他一番；囑咐他不要來聽審。只躲在家裡，把門關上，但不要銷了；門後擺了許多舊瓶子。我叫「原告來捉你去，」拉孟說，「原告推門進去，必定會把瓶子撞破幾個。你也要他賠撞破的瓶子，不要他賠錢。」

借象的人照拉孟的話做去，果然原告來了，果然他把瓶子撞破了好幾個。借象的人立刻堅執地要他賠原瓶。他們又到拉孟那裡去了。拉孟聽了告訴，對要賠原象的人問道：「你要怎麼辦呢？」他沒有話回答。

於是拉孟宣判道：「死象同破瓶是一樣的。象死不能復活，瓶破不能再完，所以被告應各照象值及瓶值折錢賠給原告。」象的借主只得承認。

老祖母講到這裡，夜已黑了，母親跑出來喚道：「外面很涼；你們快請老祖母到屋裡講罷。」老祖母隨即站起，走到屋裡，小同他們也都跟了進來。三兒用手抱著老祖母的頭頸，說道：「老祖母，還有別的故事麼？」老祖母笑道：「好孩子，故事多著呢！有空的時候，慢慢地講給你聽。」

——根據印度的關於拉孟的傳說而作。

兔子的故事

一　兔子與狐狸

兔子在一般森林的獸類中，算是最狡猾，最淘氣的小東西。他詭計多端，又是善跑，上他當的不知有多少。許多鄰人幾乎沒有一個人不曾吃過他的虧，一個個都恨他透骨，想把他捉住；但是想去捉住他卻實在是一件極不容易的事。因為他太機靈了。無論他們用什麼巧妙的計策，都會給他察破。

有一天狼對狐狸說道：

「小兔子太可惡了。今天晚上我們沒有晚飯吃。何妨把他騙到你家裡來。我們一同把他捉住打死了。不惟吃頓飽飯，也替大家除了一個害，你看如何？」

狐狸道：「好極了！但是怎麼才能把這個小東西捉住呢？」

狼道：「我有好法子。你照我所說的做去就是了。你現在趕快跑回家去，睡在床上，假裝已經死了。你千萬不要動。也不要說什麼話。等到兔子到你家裡來

看你，走到你床頭時，你立刻就跳起來捉他。我在門外接應你。如此，兔子不愁捉不到。如果這個計策失敗了，我一生一世不再做狼，只好吃草過日子了。」狐狸聽了狼的話，立刻跑回家去，照他的話做去，躺在床上，蓋了一條被，假裝已死。

同時狼也動身向兔子家裡走去。到了門外，狼打門道：「不好了，親愛的兔子，可憐的狐狸今天正午的時候忽然死在家裡了。我正要去替他料理後事。你也趕快來幫忙罷。」他說完了話，等兔子開門出來，就匆匆忙忙地走了。兔子把狼的話當做真的。他想假裝好人到狐狸家裡去弔喪。但他究竟是機靈的。當他到了狐狸家門口的時候，先不進去，只在門口再三探望，看看有沒有危險。他看見狐狸躺在床上，兩膝彎著，蓋了一條被，一動也不動地躺著，好像真是死了。兔子嘆息道：「唉！可憐的狐狸呀！你真是死了嗎？可憐可憐！但是你如果真是死了，我也是喜歡的。因為你平素是很恨我的，我最好坐在門口，等鄰居都來了再進去。也許他還沒有死呢？我聽見人說，狐狸雖然是死了，他的兩條後腿，還是伸屈不止。為什麼你獨這樣安靜地躺著呢？」

狐狸不知是計，只當兔子的話是真的，心想裝死一定要裝得像些，便把後腿伸屈不止。兔子一看狐狸的腿忽然動了，知道他是裝死的。立刻轉身就跑，一口氣跑到家裡，不敢再出來。狼與狐狸想追去捉他，已是來不及了。狼只好把狐狸埋怨了一頓。狐狸嘆道：「小兔子真是不容易騙！」他們想吃兔肉吃不著，晚上只好餓一頓。

二　兔子與人熊

狐狸家裡有一個花園，園裡生了一株梨樹，樹上結了不少的梨子。每當梨子熟了的時候，小兔子總是偷偷地由籬笆的破洞裡跑進園去，採了許多梨子回去。狐狸看見每年的梨子總是少了許多，知道是有人偷他的，心裡非常恨他，總想把這個偷梨賊捉住痛打一頓。他想出一個好法子，去捉偷梨的賊人。梨樹是正在這籬笆旁邊的。狐狸把樹枝彎了一枝下來，繫一根繩子在樹枝上。然後他又在繩的末端打了一個活結，用一根杆子把這個活結固著在籬笆的破洞裡邊。

第二天早晨，小兔子知道梨子熟了，由家裡跑出來，又打算進園偷採。不料他剛爬進破洞，杆子被他沖倒，活結正套在他的後腿上，樹枝向上彎上去，把兔子高高地吊在空中。

小兔子這回可真上當了。他知道狐狸和他是老冤家。如果被他捉住了，至少也要打個半死的。他心中暗暗地叫苦。正在這個時候，有一隻人熊一步一步地由森林中走出來。被小兔子一眼看見了。他高聲叫道：「熊兄！熊兄！」熊不知道是誰叫他。看了半天，才看見兔子吊在樹上。他走到樹下，問小兔子道：「兔兄，你為什麼高高地掛在樹上？」

狡猾的兔子答道：「好買賣！頂好的買賣！一分鐘有一塊錢，一分鐘有一塊錢！」

人熊很高興地問道：「什麼？一分鐘有一塊錢麼？我還不十分明白你的話，請再詳細些告訴我。」

小兔子說道：「那末，請你慢慢地聽我說。我說一分鐘有一塊錢。這錢是狐狸給我做報酬的。他恐怕老鴉要來偷他的梨吃，所以叫我到這裡來。他把我掛在樹上，為的是可以把老鴉驚走，不會來偷吃。只要吊在這裡一分鐘就可以有一塊錢拿。」

人熊很羨慕地說道：「這買賣做得真好！只要吊一分鐘就可以得一塊錢。」

小兔子道：「不好，不好！一分鐘有一塊錢，實在是好工錢。但是在我看來還覺得不高興。一則因為我吊在這裡已經很久，覺得太疲倦了。二則我自己還有許多要緊的事情要做，很想早些離開這個地方。你願意代替我吊在這裡麼？一分鐘有一塊錢呢！你知道狐狸是有錢的，並且是決不會失信的。」

人熊道：「可以，可以！你下來，我吊上去吧！」說著，他把樹枝彎了下來，把活結解開，小兔子得了自由。但是同時人熊卻又把活結套在自己腿上。樹枝向上一彎，這回卻是人熊高高地吊在樹上了。小兔子很從容地由破洞逃出，很高興地回家再去睡覺。

過了不久，狐狸手裡拿了一根粗棒子出來。他看見人熊吊在樹上，說道：「好！原來是你來偷梨吃。你老賊！我今天要狠狠地教訓你一頓。」說著，他把人熊痛打了一頓，才放他走。

可憐的人熊，他竟代小兔子受了一頓毒打。他到這個時候，才知道是受小兔子的騙了。不單一個錢也拿不到，卻反受了一頓打。

——鄭振鐸譯述

光明

古時，一個國裡有一個小女孩子，生出來的時候，頭頂上就有一團白光繞著。這團白光，使她一生光明快樂。

當她是一個抱在手裡的嬰孩的時候，常常地微笑，從沒有哭過。她一笑起來，白光就照得更亮，越顯得她美麗可愛。她漸漸地大起來，白光也更亮更亮起來。遠看過去，她額上仿佛有一粒大星閃耀著。

凡是愛光明的好東西，沒有一個不愛她的。可愛的白鴿聽她一喚，就飛了過去，很馴善地跟在她身邊並不驚走。紅玫瑰爬在她窗前，偷偷地看她。許多好看的鳥類，棲在園裡的大樹上，每天向她唱好聽的歌。美麗的蝴蝶圍繞在她的周圍飛來飛去。

她的父親是國裡的國王。所以她只有園池中的白蓮花高，或是外邊河岸旁所長的蘆葦高的時候，就有許許多多的宮女侍候著她了。她要什麼東西，就有什麼東西。她的父母愛她比什麼都甚。國裡的大臣將官，凡是看見過她的，也沒有一個不愛她。

但是這種快樂的光陰不能永久過下去。當她十歲的時候，國王的敵國忽然起了大軍，來侵犯他的土地。國王也帶兵去抵禦他們。打了許多次仗，國王都敗了。到了末了，敵兵進了都城，圍了宮門。宮人都散去。國王與王后也被敵兵所捕。敵兵把他們兩個人囚禁在一所監獄裡，用了許多兵丁在那裡監守。國王與王后別的都不掛念，只是想起女兒不知下落，心裡非常痛苦，一時流淚不止。

這位小公主到哪裡去呢？

別人都不知道。只有一個老乳母知道。這位老乳母乘亂兵入宮的時候，抱著小公主，逃出宮外。他們落荒而走。到了城外，又遇見亂兵劫掠。老乳母和小公主又相失了。

現在只剩下小公主一個人了。她不知往哪裡去好，只好在樹林中或田野中穿來穿去。幸喜沒有再遇見亂兵。

天色黑了下來，一路都是極荒涼的地方，看不到一個行人，更找不到什麼有人住的房子。只有野樹受風吹動，樹葉簌簌地響。蟋蟀伏在草中，大聲地快活地叫。但是小公主也不怕，因為她頭上有光明照著。

大約二更天的時候，她走到了一座大森林。她仿佛看見一個可怕的大鬼站在大路上，阻著她去路。但是借著她頭上的光明，走近一看，原來卻是一棵大松樹站在那裡。它伸出多發的手臂，好像歡迎小公主。小公主笑了起來，一樹林裡都是笑聲。

貓頭鳥奇怪道：「這個時候，還有人走過這裡麼？」但當他看見小公主頭上的光時，眼睛有些張不開，只得躲向暗處，自言自語道：「她是誰？她是誰？」

有一隻白兔子聞聲驚起，投在小公主的足下。她很憐惜地抱它起來。兔子道：「唉！獵人帶著獵犬，掮著槍，追在我後面。我跑了一天才逃得命來。你天使應該救一救我！」小公主把兔子抱在懷裡，拿手拍它，安慰它許久。兔子安靜地躺在她手臂上。

她走到森林的中間。野獸聽見有人的足聲走近，都非常喜歡起來。

狐狸道：「她是我的東西。我要帶她到曠地上吃了她。」

狼嚷道：「不是的！她是我的東西。我要跟在她後邊，等機會搶過去吃她。」

老虎睜著兩盞燈籠般的綠眼睛，咆哮道：「我的！我的！我立刻跳過去，把她吃了！」

他們辯論時，小公主已經走到臨近了。她頭上的白光，和善地照射在野獸們的身上。野獸們立刻逃走，藏在樹林深處，不敢再出來。

小公主安安穩穩地走過去。小白兔很和平地睡在她懷中。

後來，小公主也走得疲倦了，就坐在草地上睡去。樹上的鳥守護著她，唱歌給她聽。一夜平安過去。沒有什麼壞東西敢來害她。

第二天早晨，有一陣馬兵由森林中走過。一路上東看西尋，好像在那裡尋找什麼東西。

森林中空氣非常清鮮。柔和的朝日，把林中的黑暗沖散了。林中的一草一木，都可以看得清楚。

各種的花都盛開，仰首向朝陽微笑。綠葉在日光中閃耀，微風吹動，他們就翩翩跳舞。一切東西都非常快活。只有這一陣馬兵，個個人都帶著愁容。

他們東張西望，不言不笑。他們當中的一個首領，頭上戴著王冠的，比其餘的人尤其焦急。

他們細細地尋找，最後找到了小公主躺下睡覺的地方。

馬蹄的聲音，把小白兔驚醒了。但小公主還沒有醒。她在夢中被人抱著了。

醒來一看，原來是抱在她父親的懷中。

他們現在快活了！

上文不是說國王已被敵軍囚禁了麼？怎麼又會出來呢？原來當日晚上的時候，國王部下的軍隊，又同敵軍打仗，敵軍大敗而逃。他們遂進了都城，把國王和王后放出監獄。國王因掛念著小公主，所以立刻就帶兵到處的找。

這個快活的消息，到處傳布，立刻就傳遍都城。百姓們都非常喜歡，因為他們也是最愛小公主的。

國王和小公主及兵士們由森林中慢慢地向都城走去，小公主忘不了小白兔，對它說道：「兔子同我們一塊兒到宮裡去吧！在那裡一點危險也沒有。我必定好好地看待你。」兔子謝謝她，不願意跟她走，說道：「孩子們在家裡等我呢！我在世上也有我應做的事。不便跟你到宮裡去。請你放我走！」

小公主很捨不得放兔子走，但是沒有法子留住它，只好很親熱地撫弄它。過了一會，各說了一聲「再會！」各向各的家裡去了。

後來小公主一天一天地長大了，白光也更亮更亮起來，她的為人也更可愛。她父親死了以後，大臣們就擁戴她做女王。狐、狼、虎、豹都不敢來害她的百姓。

因為她的兵士把所有的惡獸都趕出國境以外。至於可愛的馴善的生物她也下令保護，不叫人害它們。

在和平與快樂的天地中，她度過了她的一生。

——亞拉伯的故事，鄭振鐸譯述

騾子

一個鄉人，牽著騾子由城裡回家，他有一點疲倦的樣子，在路上一步一步地，慢慢向前走。那騾子在主人後頭，也是一步一步慢慢地，跟著行路。那時行到一個小小的村落，被兩個偷兒看見了，就想算計，偷他的騾子。兩個偷兒交頭接耳。計議良久，一齊屏氣斂神的，走近鄉人後面。一個輕輕地，把騾子頸上的繩脫下，套在自己頭上，跟他上路。一個急急地，將騾子牽去，跑得無影無蹤。那鄉人絲毫也不知道，還是逍遙自在的，向前走。看看走了一程，那偷兒估計著他的同伴已經去遠了，就把腳停住。鄉人覺著騾子不動，把頭回過一看，不覺大大地吃了一驚。「怎麼牽的騾子，卻變成了一個漢子呢？」鄉人這一嚇，心頭如小鹿亂撞，連忙按定心神，向那漢子說道：「我的騾子，怎會變成你呢？」那人愁眉苦臉的，答道：「因為我平日不孝，常常喝醉了酒，罵詈我的母親，上帝罰我受苦，變成騾子。今日我的罪孽已經滿了，所以又成人形。」鄉人聽了十分抱歉的，說道：「我是對你不住，整日裡把你當作畜生看待，鞭策你，勞苦你。罪過罪過，今日還你的自由罷。」一面說著，一面替他把繩子解開，那人答道：「這是我的罪孽，怎好怪你。」說罷各自回去。

鄉人沒精打采的，回到家裡，把前情一五一十地，告訴他的妻子。不住地長吁短嘆，滿心以為把人當作畜生看待，真是一生的罪孽。他的妻子見他如此，安慰他道：「我們知道他是個人，即刻還他自由，我們的損失也很不少了，算來也沒有什麼罪過，你不必如此的坐立不安，還是明兒到市裡，再買一隻騾子來工作，是要緊的。」第二日鄉人清早起來，跑到市裡買騾子，一眼就瞧見群騾中間，有一隻騾子，拴在木樁旁，是他的騾子，是昨兒變人的騾子。他趕快走近，附在騾子的耳邊，輕聲說道：「你這癖氣老不變，昨兒回家又喝了酒，又罵你母親麼？又變作這個模樣，我現在是不好再買你了。」

——亞拉伯的故事，鄭振鐸譯述

獅王

有一個地方，沒有驢子。某年，由別的地方搬了許多人來。他們帶了他們的驢子同來。有一隻驢子偶然脫逃了。他們遍找不見。

驢子到哪兒去了呢？

原來驢子由家裡逃出，就棲息在一座森林中，引頸長鳴。不久，有一隻獅子聞聲尋至。他向來沒有看見過驢子，突然看見這個新奇的長耳朵的東西，心裡有些害怕。他低聲地問驢子道：「你是誰呀？」

驢子道：「我是獅王。你沒有聽見我挑戰的聲音麼？」

獅子道：「聽見的。但是我們不要打戰。我們同盟起來，抵抗別的獸類罷。」

他們兩個就同盟了。他們一起走，走到河邊。獅子很快地就泅過去。但是驢子卻掙扎了半天才得遊過對岸。

獅子問道：「怎麼？你連泅水也不會？」

驢子道：「泅水？我同鴨子一樣地會泅。你沒有看見我用尾巴捉了許多魚麼？

魚的重量幾乎把我身子拉下去。但是因為你性急，等不得，所以我全把他們放了，才得輕身上岸。」

不久，他們又走到一座牆邊。獅子一跳就跳過去。但是驢子卻只把兩腳蹈在牆頭，半天也爬不過去。

獅子問道：「你現在怎麼了？為什麼不跳過來？」

驢子道：「你沒有看見麼？我正在秤我自己呢，我要看我的上身有多少重，下身有多少重。」

掙扎了半天，他才得爬過去。獅子說道：

「我看你是沒有什麼力氣的。我們打一打看！」

驢子道：「打就打！但是未打之前，我們先試一試看，到底是誰的力氣大。我一個人過牆時，永遠不跳過去，總是把它推倒走過。你能夠麼？」

獅子用爪在牆上抓，抓了半天，爪子受傷了，牆還絲毫沒有搖動，只好站在一旁不再去抓。

驢子道：「看我來！」他用他的後蹄鐵，死勁往牆上一踢。牆本是很老的了，被他一踢，立刻就坍了下來。

TM

獅子驚詫道：「好了，不用再說了！你的力氣真比我大。我叫大家奉你做獅王。」

第二天，這個地方的獅子都會在一塊，驢子很驕傲地把他們帶到一個長滿荊棘的山谷裡。

獅子們很害怕地大叫道：「請不要到那邊去！荊棘刺入爪裡是非常痛苦的。」驢子道：「你們怯懦的東西！現在，看我！」他立刻張開大嘴，把荊棘連莖連葉地吃了許多進去。獅子們大驚異。一個個都願奉他做獅王，再也不敢違背他的命令。他並且不吃獅子們獵來的東西，只吃這些使獅子見之頭痛的荊棘。因此，獅子們更喜歡他，崇奉他比以前無論哪個獅王都甚些。

——鄭振鐸譯述

花架之下

林國濱從學校裡回家，手裡拿著書，慢慢地走進大門。他的小弟弟國汶、國沁和小妹妹英兒正在天井裡捉迷藏。國汶用手巾蒙了眼，張開兩臂，四處捉人。英兒一見國濱，立刻跑過去叫道：「哥哥，你回來了？」國沁也跟著跑回去，問國濱道：「哥哥，有帶什麼好玩的東西回來沒有？」國濱笑道，「沒有，今天沒有。」這時，國汶已把眼上蒙的手巾取下，也跟在國濱身旁。

國汶道：「哥哥，你今天在學堂裡一定又學了什麼有趣的遊戲。可以教教我們麼？你以前教我們的拔河，捉小雞，我們都做得膩煩了，覺得沒趣。好哥哥，再教我們幾件新鮮的遊戲罷！」國沁和英兒也都懇求道：「好哥哥，請你再教我們幾件新鮮的罷！」國濱笑著搖搖頭。國汶道：「再不然，也請哥哥教幾隻歌給我們唱唱。」

國濱只是笑著，一直往廳上走。三個小弟妹跟在他身邊，也一直往廳上走去。英兒要國濱牽住了自己的手，一路上只是望著國濱。不絕地懇求道：「好哥哥，

好哥哥，教我們些有趣的玩意兒罷。」國濱只是笑著，不作聲，國汶賭氣說道：「哥哥不教，我自己也會去學。爹爹說過了，下半年也要送我進學校。」

國濱笑道：「好弟弟，不要生氣了。等一會我自然會有好東西給你們。」英兒和國沁都快活得跳起來，連忙問道：「哥哥，是什麼好東西？哥哥，是什麼好東西？」國濱道：「故事！」三個小弟妹聽了都十分快活，英兒大聲叫嚷道：「快聽哥哥講故事呀，母親，母親，母親！」

母親正在大廳上，手裡拿著花瓶，滿桌上都擺著鮮花，如玫瑰、荷花之類。母親整理花朵，把它們插入瓶中。這時看見他們兄妹四人進來，就笑道：「國濱，你放學了？」又笑著問英兒道：「英兒，你嚷些什麼？哥哥沒有帶糖回來麼？」英兒立刻撲入母親懷中，說道：「母親，不是的。哥哥要講故事給我們聽呢，母親，你也去聽，母親，你也去。」母親搖頭道：「我手裡濕，不要來！國濱！你放下書，帶他們到花園裡去遊玩罷。我有事呢。」國濱即走進後廳，跑入自己書房，把書放在桌上。那三個淘氣的小弟妹，早已跟了進來。國濱道：「國汶、國沁、英兒，都跟我到花園裡去罷。太陽快要落下了。花園裡很涼快。我們坐在花架下的草地上，講講故事，唱唱歌，好不好呢？」英兒道：「好的！好的！」他們三個孩子立刻跳跳躍躍地隨了國濱，穿過上房，到了花園裡。這時正是夏日百花盛放之時。籬笆下矮小的玫瑰花，紅得可愛。池中清澄澄的水，托著翠綠的荷葉和紅的白的荷花，一陣風來，吹得滿園裡都是清香。夜來香的小朵的花，已有幾朵開了，也一陣陣放出香氣。細柔的草，剪得平平的，鋪在地上，好似一床綠氈。池旁幾株大柳樹，垂著頭，隨著晚風搖擺著。夕陽淡淡地照在牆角高處；西方的天被他染得血紅，白雲都披上了很美麗的衣服，好像歡送太陽回家。花園裡除了這四個孩子外，靜悄悄的沒有一個人。蝴蝶也看不見一隻。只有紅嘴的可愛的翠鳥從園外嚶的一聲飛了進來，一見有人，又嚶的一聲，經過荷池，飛出牆外去了。

國濱領了三個弟妹進園，在一架夜來香的花架下，揀一方草地坐了。

國沁問道：「哥哥，你今天講的是什麼故事？兔子欺騙人熊的故事和貓猴分餅的故事，我們都聽爹爹講過了。」

英兒拍著小手道：「哥哥，要新鮮的，要有趣的！」

國汶道：「你不要鬧了，快靜靜地坐下，聽哥哥講罷！」英兒努著小嘴道：「你不要說我。你也常常地鬧呢！前回爹爹講小兔子的故事時，你不是也說說鬧鬧麼？」

國汶正欲再發話，國濱連忙說道：「不要再鬥嘴了。你們都坐下聽我講故事。」

國沁道：「哥哥講故事了！快靜下來！」

三個孩子都靜靜地坐在草地上聽著國濱講。

國濱道：「我今天在學校裡聽先生說故事；他一共說了四個故事，我聽得很有趣。現在便一個一個地搬運出來，再說給你們聽。」

於是國濱便開始講下去。

一　虎與熊狐

狐狸是最狡猾的，最會欺騙人的獸類。有一天，狐狸閒著沒事，從家中出外散步。他走過一片草地，看見一隻熊在地上很高興地跳舞。狐狸問道：「熊先生，你今天為什麼這樣高興呢？」熊聽見狐狸的聲音，連忙停了跳舞，向狐狸招呼道：「狐兄！你看我的跳舞美觀不美觀！今天早晨，喜鵲先生見我走路，他稱讚我走得極靈巧，定是個跳舞能手。我聽見他的話，十分高興，所以在此練習。想等國

王壽辰時，獻技娛悅他老人家。」狐狸明知喜鵲的話是冤他的。像熊那樣笨重的身體，哪裡配跳舞呢？但狐狸也不便說穿，且樂得拿他來開開玩笑，當時便也順口讚美道：「跳得真好，跳得真好。不愧是一位跳舞能手。」熊見狐狸也稱讚他，心裡更是高興了，只在草地上亂跳亂舞，也顧不得身子疲倦。狐狸見他這種怪狀，心裡只是好笑，想道：「且再冤他一冤。」

狐狸知道有一隻老虎，其家離此不遠，因為存心要害這隻熊，便對熊說道：「熊先生！您的跳舞既然這樣好，您的唱歌的本領，想必也不會十分差。」熊的虛榮心被狐狸的甜蜜的話引得熱烘烘的，急欲在狐狸面前顯顯本領，便道：「狐兄！你聽我唱。」便闔了兩眼。一邊亂跳，一邊高聲亂唱。

熊唱得不久，已驚動了坐在家中的虎先生。虎先生這幾天正沒有大塊的肉吃；只吃些小兔子充饑，心裡非常不高興。現在聽見熊的歌聲，知道有好買賣上門了。他便從家中一步一步地、輕輕地順著歌聲走去。狐狸早已遠遠地躲避開了。熊還不知道，還在那裡很用力地唱著歌，跳著舞，心中得意非凡。等到他張開眼睛，不唱不跳時，他的身體，已被虎先生捉住了。不到一刻工夫，虎便把熊的身子吃完，抹著嘴，又回家睡下了。

狐狸躲在遠處，看熊被虎殺死，心中只是好笑。一隻老鷹在天空盤旋，看見這種情形，不禁嘆了一口氣道：

「虛榮心真是害人！」

二　烏鴉與蛇

一個烏鴉築巢在一株樹上。在這株樹的下面，便是一條蛇的住洞。蛇是貪食無厭的惡物，常常乘老烏鴉不在巢中時，偷爬上樹，吃他的小鴉。老鴉看見小鴉一天一天地少了，也明知道是被這蛇吃了的。因為力量不敵，只好心中懷恨，不敢明明白白地與蛇吵鬧。

有一天，這蛇因為腹中饑餓，不管老鴉在家不在家，便一口氣爬上樹來，伸開大嘴，便把小鴉吞了一隻下去，老鴉這時正在巢中。一見這個情形，真是又悲又恨；沒有法子，只好哀求這蛇道：「蛇先生！請你做做好事罷！不要再吃我的孩子了。你看，我的孩子，已被你吃了六個了。你如果答應不吃我的孩子，那末，我每天必定把我得來的食物，分一部分給你吃。」

蛇笑道：「你這個黑穢的東西，誰稀罕你的食物，有現在的好老鴉肉和小鴉肉不吃，卻去吃你的吃剩的腐屍臭肉。我卻沒有這樣傻！」蛇說完了話，便從從容容地爬下樹來，進洞睡了。

老鴉又急又恨，只在樹枝上躍來躍去。過了一刻，忽然想到了一個復仇的方法，便伸開兩翼，飛入王宮，把王后心愛的指環用喙含了，飛了出去。宮中的人追趕這老鴉，一直追到樹下。老鴉把指環置於蛇的洞口。宮人把指環撿了起來。當時蛇被人聲驚醒，昂頭跑出，張口露齒，像要咬人似的。有幾個人被他嚇跑，有幾個人便拿棍子把蛇活活地打死。這正是：

「惡人自有惡報。」

從此以後，老鴉高枕無憂，再也沒有什麼惡漢跑來欺侮他了。

三　聰明人與他的兩個學生

一個東方的聰明人收了兩個學生。有一天晚上，他因為要試驗這兩個學生的智力，便各給了他們一塊錢，吩咐道：「我給你們的錢不多，但是要你們立刻買

了一件東西來，能夠把這間黑暗的房間完全塞滿了。」這真是難題目呀！一塊錢能夠買什麼東西呢？怎樣能夠買了這許多東西叫這大房間塞滿了呢？

但是他們兩個學生，卻立刻遵命出去買。

隔了不久，他們都回來了。

一個學生拿了這一塊錢買了許多乾草，叫人運了回來，擺進這個房間。真的！這個房間被這許多乾草都塞滿了。但是這聰明人搖搖頭，並不稱讚他。因為把乾草堆在房裡，是很笨的法子。房子被乾草都塞滿了，人又怎麼好坐呢？這只是使這房間更加黑暗，而且變成無用而已。

別一個學生卻只費了四角錢，買了一盞油燈回來。他把這盞燈點了。房間裡立刻亮了起來，什麼東西都看得見。這個學生叫道：「先生！我已把這房間用燈光來塞滿了。」聰明人喜道：「是的！好孩子。這正是塞滿這房間的正當辦法。你們要記住：聰明的人用好手段去達到好目的；愚蠢的人卻往往因用了壞手段，把目的也弄得不對了。」

四　孔雀與狐狸

狐狸先生與孔雀姑娘做了鄰居。狐狸每想乘隙把孔雀姑娘捉來充饑。只是孔雀姑娘是出名謹慎的，每日總把門戶關閉得非常嚴緊。狐狸苦於無隙可乘。有一天，狐狸站在空地上，只管仰頭看天。孔雀姑娘在家門口看見了問道：「狐先生呀，你為什麼只是仰頭看天？」

狐狸答道：「我要數數天上到底有多少顆星？」

孔雀道：「你數過了麼？到底有多少？」

狐狸道：「同地球上所有的傻子差不了多少。」

孔雀道：「到底是傻子的數目多呢，還是星的數目多呢？」

狐狸道：「唉！地球上傻子的數目卻比天上的星多了一個。」

「這一個多出來的傻子是誰呢？」

狐狸道：「就是我自己！」

孔雀道：「為什麼你是一個傻子呢？」

狐狸道：「我笑我自己傻。為什麼不去數數你美麗的尾上的星點，卻去數天

上的星？啊，你的尾上的星點，真繁多，真美麗啊！能夠容我數一數麼？」

孔雀搖搖頭，轉身爬入屋內，把門緊緊關好，在屋內答道：「你用好話騙我，想乘機把我捉住麼？我不是傻子，決不會上你的當！」

狐狸在屋外也搖搖尾巴，嘆道：

「任是怎樣狡猾的，總敵不過那謹慎的。」

國濱不停不歇地把這四段短故事講完。三個小弟妹都聽得出神。這時天色漸漸地黑了。西方天上的紅雲已不見了。小銀船似的月亮，已升在東方。夜來香的香氣更強烈了。花園中除了他們兄妹四人的聲音外，連鳥聲蟲聲都聽不到。國汶由草地上站了起來，拍去身上的塵土，說道：「哥哥，今天的故事真有趣！我最恨狐狸，引虎吃了熊，他自己卻還在那裡笑。」英兒、國濱、國沁也都站了起來。英兒道：「不是的，我喜歡孔雀姑娘。就是狡猾的狐狸，也不能給她當上。」國沁道：「不是的，哥哥。那個學生最聰明；我真喜歡他。他知道買了一盞燈。花的錢又少，東西又有用。」他們正在辯論，國濱忽然指著池邊道：「弟弟，妹妹！快看！螢火蟲出來了！」隨著國濱指處，他們看見有三四個螢火蟲帶了燈籠，從他們蘆葦的屋中陸續飛出來。英兒笑叫道；「哥哥，哥哥！是的！螢火蟲出來了。」國沁道：「是出去買油燈。」英兒叫道：「不是的！母親說過的，他們是帶了燈到外婆家裡去逛逛的。」國濱道：「不要胡猜了。天色已晚，我們再唱一首歌，就進屋裡去罷！也許爹爹已經回來了。」國汶、國沁和英兒都拍手道：「好的！好的！但是唱什麼歌呢？」國濱道：「我教你們的螢火蟲歌，忘了麼？」英兒道：「沒有忘，沒有忘！」國濱道：「那末我們唱罷。」於是四個孩子都高聲唱了螢火：

C 調 3/4　螢火

$\underline{1\ 5}\ 5\ 5$ | $\underline{1\ 3}\ 3\ 3$ | $\underline{1\ 6}\ 6\ 6$ | $\underline{\dot{1}\ \dot{1}}\ \dot{1}\ \dot{1}$ |

東邊照照　西邊照照　夜裡漆黑　光頭還好

$\underline{1\ 6}\ 5\ 5$ | $\underline{6\ 5}\ 3\ 3$ | $\underline{5\ 3}\ 2\ 2$ | $\underline{3\ 2}\ 1\ 1$ |

太陽出來　看不見了　一點亮光　實在太少

他們有的唱歌，有的唱譜，正在唱得十分高興時，母親在花園門口高聲叫道：「你們快不要唱了，爹爹已經回來了。晚上黑漆漆的，花園裡不好逛了。也要吃晚飯了。」

四個孩子，一聽母親呼喚，都停了唱跑出花園。英兒飛快地跑到母親身旁，說道：「母親，母親，爹爹有帶了皮老虎來沒有？剛才哥哥說的故事真有趣。」

母親笑道：「不要鬧了，快進去罷。」

於是四個孩子隨著母親進屋去。國沁跟在國濱身邊纏住他，說道：「哥哥，你明天再講些故事給我們聽！哥哥！我把爹爹給的那個大皮球送你，好不好？」

國濱含笑點頭。

——本文中的四個故事，係根據於印度的寓言，（振鐸）

金河王

在一個山谷當中，住了三個兄弟，大的叫斯察，次的叫亨斯，最小的叫克羅克。斯察和亨斯他們倆在山谷中是一個朋友都沒有，就是鳥兒遠遠望見他們走來，早就撲的飛去，因為小鳥們都知道他們常常要拿槍來射它們。

克羅克和他的兩個哥哥，就大大不同，無論蜜蜂哪，小鳥哪，和一切花哪，草哪，都很愛護，無論這山谷裡至微至小的生物，當它們聽見他的腳聲音，都舉起它們的頭表明很歡迎的樣子。因為蜜蜂知道他不會毀壞了它們的巢，鳥兒看見他常常給它們樹枝和草去做它們的屋子，花常常看見他溫和的手去撫摩它們，並且他走路的時候用手撥開兩旁的草木。他所經過的地方，一點東西都沒有受到他的傷害。

這山谷叫做金谷，四圍都是山峰環繞。有雪的地方，成了許多的河流。有一條小河是從山上瀑布流來。當太陽照在上面，那一閃一閃的光華好像黃金一般，所以這條小河就叫金河。

當全國乾旱的時候，山谷當中仍舊有雨，有很高的草，紅的蘋果，綠的葡萄，和甜的蜜，因為這緣故百姓都叫它叫金谷。

這山谷是屬於斯察、亨斯和克羅克三兄弟的。斯察和亨斯一點事情都不幹，只知道金錢。他們常常拿槍射小鳥，因為小鳥常常偷他們的果子。他們又毒死蟋蟀，因為蟋蟀常常吃他們廚中的麥屑，他們用石子打鴿子，因為鴿子常常吃他們的米穀。他們常常把生在路旁的花草拔起來，種下芋和蔥。

克羅克無論什麼樹，什麼花，都是很愛惜。就是一瓣葉子，一根草莖，他也是保護得不遺餘力。他眼中看見他田裡的麥苗，他心裡很奇怪，為什麼別的地方都不生東西，單單這山谷這般豐富。他爬到他兩個哥哥蹂躪不到的山上，那百合花在風中搖曳不停，好像快活似的，它們能夠安靜開花，並且有很美麗的太陽照著它們。克羅克見了也很快活。他時常把果子送給貧民。他的兩個哥哥就是一隻核子也是不給人家。

有一天黃昏的時候，克羅克一個人在家裡預備晚飯，忽然聽見有敲門的聲音，他連忙開起門來，有一個矮老人跑了進來。他的衣服是金子的，他有很長的頭髮和鬍鬚，他穿了一隻很奇怪的木頭鞋子，戴了一頂黑色帽子，帽子上有一根很長的羽毛。

矮老人對他說道：「我可以進來烘烘你的火嗎？」

克羅克說道：「可以的，但是不能夠在這兒太長久，因為我的兩個哥哥快要回來了。」矮老人就坐近火爐旁邊。

灶上正在燒羊肉，一間屋子裡充滿了肉的氣味。克羅克心裡想：「矮老人一定是很餓了，我頂好把這些肉給他充饑，但是如果給他吃了，兩個哥哥一定不答應我，我的份子只有一小塊肉，我就把我的一份子給了他。」他立刻站起來，把自己的一份子切下。正在這個當兒，忽然聽見叩門的聲音很響，他知道兩個哥哥回來了，所以他的手就發起抖來，把切下的肉放在原處，就去開門。當他把手放在門閂的時候，矮老人就握住他的手說道：「克羅克！我是多金河的王，這山有麥有雨，都是我的命令。但是現在因為你的兩個哥哥太壞，我要想把這山谷裡的水吸盡。我又不願意使你受苦，我現在要告訴你一個祕密的法子，隨便什麼時候你要爬山，你滴三滴清潔水點在瀑布當中，那麼泉水仍舊可以湧出。」金河王說了這句話，他就隱滅了。克羅克把門開了，讓他的兩個哥哥進來。

那天晚上他睡在地窖裡，他的背受了傷，他的呼吸也含了嗚咽的聲音，因為他曾經受了他的哥哥痛打，就是因為他把肉切下來的事情。

第二天，他給他兩個哥哥的喧聲擾醒。他知道他的哥哥正在生氣。他很驚奇，當他抬頭時候，看見樹上的葉子也沒有了，麥田裡麥也沒有了，金谷裡只剩一片荒土。

克羅克穿好衣服，就爬起來到樓上去，他也來不及想他要怎樣才好。他就把老人告訴他的話對他的哥哥說了，他一點都不憂愁，他以為把這一個祕密法子說出來，是有益的事情。

他在前一天晚上，都是做這一個祕密的夢，和他的哥哥怎樣爬到山上去，怎樣滴水到瀑布裡，這一類事情。

這一天他的兩個哥哥，在山谷當中找了最乾淨的水，裝了一瓶子，到山上去。在路上遇見一個老人，很疲倦的，並且是很渴的，問他們倆討些水喝。他們不特不肯給他，並且還要把他推倒在地上，他們走了一會，又遇見一個小孩子，奄奄一息的躺在泥土上，斯察一把抓起小孩子丟在路旁。末了他又遇見一隻狗躺在地上，不能動彈，亨斯拾起石頭投去，他們到了瀑布那兒，就把完全的水都傾在瀑布裡去，但是仍舊沒有雨，並且一點東西都不生，他們兩兄弟也就此不見了，沒有一個人能夠知道，他們到什麼地方去。

克羅克從白天等到晚上，他們總是不回來。第二天早上起來也沒有他的哥哥蹤跡。他說：「如果今天他們再不回來，我一定要自己到山上去。」

到了下午克羅克帶了瓶水動身到山上去。當他爬上山的時候，就可以看見很亮的瀑布。山路上很尖峭的，很難走的。他就覺口裡乾燥。忽然看見一個老人，蹣跚的走到他面前，拄了一根很粗的杖子站著，伸出手來說道：「我的小孩子呀！我要渴死了，你能夠把一點水給我解渴嗎？」

克羅克就把水瓶遞給老人口裡，說道：「請你留一點兒，因為我有用處。」老人喝完了水，就把瓶子還他，只剩了三分之一。克羅克又走他的路，路忽然平坦了，不像從前那樣難走。

他走了一半路，又遇見一個小孩子躺在泥土上。他以為小孩子是睡著，等到他走近，小孩子就張開他的眼睛伸出手要他的水瓶，克羅克連忙跑了下來，拔去塞子，把水灌在小孩子口中，小孩子立刻活動起來，過了幾分鐘，就從山上跑到山下去了。

克羅克有生以來，從沒有像這會子的快樂，他很快的向瀑布跑去，把水瓶放在耳邊搖搖，剩的水只有幾點滴了。

他又把瓶子繫在衣帶上，他忽然看見一隻小狗躺在近旁，他就跑近一看，原來狗是跌傷。他以為狗一定很渴的，就把衣鈕解開取出水瓶，他又看看離瀑布地方很近了，他的眼睛充滿了淚痕說道：「可憐的小狗，若是等我拿水回來的時候，你一定渴死。」他就開了他的瓶子，把剩下的水完全都給狗喝乾。

他的水完全都沒有了。但是他覺著眼睛一閃，他的老朋友金河王站在他的面前，穿了很美麗的衣服，一切東西都是黃色。

矮皇帝握住他的小手說道：「你來了，我是很快樂的。你的哥哥傾在我的河裡的水，那水不是乾淨的。」

克羅克很溫和的對矮王說道：「我的水完全沒有了。」

金河王把一朵很直的四面圍了許多葉子的白合花，放在他手上，那花是同雪一般白，它的雄蕊上有許多花粉，那花瓣上有三滴露水。

矮皇帝說道：「看呀！把這三滴水傾在瀑布裡，再到山谷看去。」金河王說了這句話，就不見了。

克羅克緊緊握著這朵花，向天看看，又向瀑布看看，他的手發抖起來，他把白花的露水，放到瀑布裡，後來他又跑下山谷去。

這一條河好像金河一般，流動不息。那一片光光的泥上，草木都萌芽了，都生長了，金河旁邊紅的、白的、綠的、黃的花，完全都開放了，小鳥都唱他們很好聽的歌，蝴蝶也在花中飛來飛去，田中的麥穗垂垂，也可以收穫了。這金谷完全恢復了舊觀，克羅克知道這金谷現在是完全屬於他個人的了，當他走到山谷裡的時候，蜜蜂，小鳥，河流，都發沙沙的聲音，好像在問：「怎樣金河王能夠知道露是清潔水做的？」

——這一篇童話，是英國路斯金 Ruskin 的名著《金河王》的節述。（高君箴）

魔鏡

在很久時候以前，一個國裡有一個皇后，坐在窗前做活計。時當冬令，許多雪片很快的從天空飛下來。

皇后舉起她的眼睛望著雪，手裡拿了針做活，一個不留心把她自己手刺了一下。有三點紅血滴在她的活計上。她自言自語說道：「我要有一個孩子，白的像雪，紅的像血，黑的像窗架子一樣。」

沒有多少時候，她生了一個女孩子，真的有雪一般的皮膚，血一般的臉兒，黑窗架子一般的黑頭髮。但是過了幾天皇后就死了。

幾年以後，皇帝又娶了一個皇后。她是一個很美麗的女人，但是她總想沒有一個人可以勝過她的美麗。

她有一面魔鏡。當她照鏡子的時候，就對鏡子說道：「掛在牆上的小鏡子！誰是我們當中最美麗的？」

鏡子答道：「皇后長得又高又秀，是她們當中最美麗的。」

她聽了這些話，充滿了快樂，因為她知道鏡子從來沒有欺過她的。

從前那個皇后所生的女孩子，叫做雪點。她一天一天長大了，她的美麗也跟隨了光陰一點點的加增了光輝。當她七歲的時候，看起來比新皇后還要使人愛。有一天皇后對鏡子說道：「掛在牆上的小鏡子！誰是我們當中最美麗的？」鏡子答道：「皇后，你固然長的又大又秀，但雪點在你們當中最美麗。」

皇后聽了這話，她的臉兒都氣青了。於是她由那一時起，就十分的怒恨雪點，並且妒忌她的美，要想法子把雪點除去。末了，皇后叫一個獵人來，對他說：「你把這個小孩子帶到樹林裡去把她弄死，我不願意再看見她。」

獵人就照皇后所說的話，把這孩子帶去。小雪點想獵人一定要把她殺掉。她就大哭起來，對獵人說道：「哎呀！親愛的獵人呀，救了我的命，放了我罷！我一定跑到很遠的樹林的深處，永遠不再回家去。」

她的很可愛很可憐的樣子，使獵人很哀憐她。他說道：「可憐的小孩子，走罷！」他想這可憐的小孩子不久一定給野獸吃去。

這可憐的小孩子獨自的在樹林當中。她看樹林的四周，充滿了無窮的憂愁。她跑過很粗尖的石上，經過許多荊棘，走過野獸的地方，但是它們都不傷害她。

她盡她的力量跑了很長的路。當太陽落山的時候，她看見一座小房子。她就跑到裡頭去休息。這房子裡的東西沒有一樣不是小的，但是我不能告訴你那些東西是怎的乾淨和美麗呀！

在房間當中有一張很精小的桌子；桌上鋪了一張很淨白的桌布；在桌布上面有七個盤子，七把刀子，七把叉子，七把小匙，七個杯子，靠牆四面有七張小床，緊緊的互相靠住，床上的被單，都像雪那樣的白。

雪點又是渴又是餓，於是她在每個小盤子裡都吃了一點麪包，在每個杯子裡都渴了一口湯。她沒有單按著一個位子吃。

她很倦了，她就跑到一張床上去睡，但是她覺這個床不合適，於是她即刻起來換一張床。一連試了六張床，沒有一個合適的。到了第七張方才合適，她禱告完就睡了。

等到黃昏的時候，這屋子的主人回來了。他們是七個矮人。他們剛才在山中掘鐵和金子。他們一點起蠟燭，就看出有人曾經在這屋子來過。

第一個說道：「我盤裡的東西誰吃了？」

第二個說道：「誰坐我的凳子？」

第三個說道：「誰吃我的麵包？」
第四個說道：「誰用我的叉子？」
第五個說道：「誰把我的肉吃去一塊？」
第六個說道：「誰拿我的刀切東西？」
第七個說道：「誰把我杯中的湯喝去的？」
第一個向他自己床上一看，說道：「誰在我床上睡過？」他說了這句話，其餘的都向他們自己床上一看。他們都說道：「我們床上也有人睡過。」
但是第七個看他的床的時候，他看見雪點睡在他的床上。他就叫別的矮人都來圍在床前，手上都拿著蠟燭，燭光照在雪點的臉上。他們說：「哪裡來這樣可愛的小孩子呢？」
看她年齡很小，又長得很美麗很可愛，所以他們都不驚醒她，讓她睡在床上。第七個矮人就在六個的床上輪流著睡。一直到天亮。
第二天一早，雪點醒了。當她看見七個矮人時，非常害怕，但是他們都是很仁愛的，圍攏來問她的名字。她說，她叫做雪點。
他們就向她道：「你怎樣會跑到我這兒來呢？」

她就告訴他們她的晚娘和獵人怎樣把她丟在樹林中，她怎樣從樹林裡跑到這兒來的種種的事情。

矮人就問她說道：「你可以和我們住在一塊嗎？你能夠燒飯，洗衣服，和織布、做活嗎？你能把床上整理乾淨嗎？如果和我們住在一塊，你隨便要什麼都可以有。」

雪點說道：「我很願意。」所以她就和他們住在一塊，把他們的屋子都整理得很有秩序。他們每天早起到山裡去掘鐵和金子，到晚間他們就回家吃晚飯。

雪點天天都是一個人在家裡。仁愛的矮人們對雪點說道：「你的晚娘即刻就要到這兒來找你。她一定要來傷害你，但是你要當心別讓一個人進這個屋子。」

那皇后以為雪點已是死去了。她想她自己是世界上最美麗的人了。所以她又到鏡子面前問道：「掛在牆上的小鏡子！誰是我們當中最美麗的？」

鏡子答道：「皇后長得又大又秀，這裡是你最美麗了。但是在山上七個矮人那兒住著的雪點要勝過你一百倍。」

皇后的心頓然又變了恨和嫉妒。她的魔鏡總是說實話的，所以她知道雪點仍舊生存。她心裡一天到晚不安定的在想一個什麼法子去害死雪點。

後來皇后想了一個計策，她就把自己的臉用東西塗了，扮作一個負販的商人，偷偷的不叫一個人知道，她跑到那山上矮人住的地方。

她一頭走一頭叫販很美麗的東西。雪點就從窗口對這婦人說道：「早安，夫人，你賣的是什麼東西？」

婦人答道：「這兒有好幾種東西。這裡一條綢的領巾，正合你的用。」

雪點想道：「我可以讓這女人進來罷。」她就開了門，去買那個領巾。

婦人對雪點說道：「讓我替你紮上。」雪點覺著沒有什麼不放心，就讓女人替她紮上。但是這領巾縛得很緊，使她不能呼吸，她就跌在地上死了。

這凶惡的婦人對她自己說道：「現在我是最美麗的了。」她就很快活跑去了。

等到七個矮人回來時，他們看見可憐的雪點躺在地上。領巾緊緊的縛著。他們就把她的領巾剪斷，她慢慢的又活回來，好好的像起先一樣。

雪點告訴他們那個婦人的事情。他們就告訴她：「那個婦人並不是什麼販賣商，就是那個壞后。你下次當我們不在家時，隨便什麼人不要讓他們進來。」

皇后回去時，她又跑到鏡子那兒說道：「掛在牆上的小鏡子！誰是我們當中最美麗的？」

鏡子答道：「皇后是長的又大又秀，但是在七個矮人那兒的雪點是最美麗的。」她聽見了這些話更覺生氣，因為她知道雪點還是活著。

這一回她說道：「我這次一定要弄死她。」於是她做了一把梳子，無論什麼人一梳就會死。她自己又換了衣服，裝了一個老婦人的樣子，但是裝扮得又不和上回一樣。

這惡很的皇后又走到七矮的屋子，拍著門說道：「很美麗的東西賤賣呀！又賤又好。」

雪點說道：「請走罷。我不敢讓你進來。」

婦人舉起這把梳子說道：「請看看，好不好？」這女孩子十分愛這把梳子，於是又開了門買梳子。

婦人對雪點說道：「讓我把這把梳子插在你的頭髮上。」但是這梳子在頭上沒有一會功夫，梳上的毒就發作起來，雪點就跌在地上好像死了。

惡婦臨走的時候，望雪點說道：「睡在那兒罷。」恰好晚上到了。七個矮人回來。他們看見雪點又躺在地下，想必又是她的繼母使的壞計策。

他們在雪點頭上找出一把梳子，就把梳子拿下，雪點又活起來。她告訴他們所經過的事情。他們很愼重的告訴她更要當心點，「下回無論什麼人也不要開門。」

當皇后回去的時候，她又跑到鏡子面前說道：「掛在牆上的小鏡子！誰是我們當中最美麗的？」

鏡子回答道：「皇后長得又大又秀，但是和七個矮人住在一塊的雪點的美麗要勝過你一百倍。」

皇后聽見這些話更增她的怒，說：「雪點一定不能活著，一定要除去。」

惡婦又跑到小七山，在那個時候一個人都沒有回來。她帶了一個蘋果，裝了很毒的毒藥。這蘋果又熟又紅，非常好看。無論什麼人都喜歡吃，但是一吃了就會死。

蘋果已經預備好，她又塗了她自己的臉，裝成了很貧苦的老婆，走到七矮人的山上去，把門一敲，雪點從窗門伸出頭來說道：「我不開門，因為七矮人告訴我不許開門。」

婦人說道：「很好，我不過要送掉蘋果。我給你一個蘋果吧。」

老婦人說：「是不是你怕有毒在裡頭嗎？你看我把蘋果分為兩半你吃熟的一

半，剩下一半給我吃。」

皇后很當心的把毒藥放在紅的一半。這很香美的蘋果，雪點早就很愛它。當她看見那女人把那一半吃下去的時候，她就伸出手來接了這一半放在嘴裡。她受了毒，立刻躺在地下了。

那皇后就笑起來說道：「呀！你可是白的像雪，紅的像血，黑的像窗架子嗎？七個矮人現在也不能再使你活了。」她連忙跑回去，到鏡子那裡問道：「掛在牆上的小鏡子！誰是我們中最美麗的？」

鏡子答道：「皇后長得又大又秀，你是你們當中最美麗的。」

皇后所盼望的已經達到了。

當矮人晚上回來的時候，他們看見雪點睡在地上，他們就把她抬起來，找找看，又有什麼毒可以找出來。他們用酒和水來給她洗。但是一點都沒有用，他們不能再把她救活了。他們就把她放在床上，七個矮人都圍著床前望著她哭。過了三天，他們想把她埋了，但是看她又像還有點生氣，她的臉上仍舊像玫瑰花那樣紅，所以他們不去埋她。

他們說道：「我們不能把她放在很冷很黑暗的地下。」於是他們做了一個玻璃櫃子，把她放在裡面。櫃子的外面，用金子寫著她的名字，稱她為皇帝的女兒。於是他們就把這個櫃子放在很高的山頂上。他們常常來看望，十分愛護這個櫃子。就是野獸也要對她哭，野鳥也要來作吊，最先是貓頭鷹，後來又來了一隻鴿子。

雪點躺在玻璃櫃子裡好幾年，好像睡著的樣子，一點都沒有改變。她仍舊是皮膚和雪一般白，臉和血一般紅，頭髮和黑窗架子一般黑。

後來有一個皇帝的兒子走過這樹林。他到矮人屋子前頭來求宿。他看見一個玻璃櫃子在山頂上，裡頭睡著一位很可愛的女孩。他就去讀讀那金字。看後，他對矮人說道：「你們可以不可以把這櫃子給我，隨便你們喜歡要什麼，我都答應你的。」

矮人答道：「就是把全世界的金子都給我們，我們也不賣她。」

皇子說：「你們把她給我吧。我實在不能一刻不看見雪點。她雖是在那兒很靜的，我也是很愛她，所以我才有這種要求。」

這些矮人很哀憐他，就把櫃子送給他。他就叫他的僕人抬走。內中一個僕人被樹枝絆跌了一跤。因這個震動，把雪點喉嚨內的一塊蘋果吐出來。

她立刻張開眼睛，坐起來叫道：「我是在什麼地方呀？」

皇子答道：「你是和我在一塊。」於是他就告訴她一切經過的事情，又說道：「我愛你勝過世界上一切東西。你和我一塊去到我父親國裡，做我的妻子。」

他的十分仁愛的樣子，使雪點很願意和他一塊去。當他們將要結婚以前，那惡狠的皇后又去向鏡子道：「掛在牆上的小鏡子！誰是我們當中最美麗的？」

鏡子又答道：「皇后長得又大又秀。這兒你是最美麗，但是在山上的小皇后要勝過你一千倍。」

這個可惡的婦人非常氣恨，不知道怎樣才好。起先她不打算去看婚禮，現在她一定要去看看那小皇后究竟是誰。

當她走到那個宮裡時，才知道小皇后就是雪點。當時她氣得呆了。她轉身走出了宮門，回到她的家裡去。

她心裡充滿了怒氣，自己不知不覺的亂走，走到亂山，被一塊大石頭絆倒，就跌死在山上了。

——高君箴譯述

怪戒子

從前有一個皇帝，他待他的百姓很好，所以百姓們都稱他好皇帝。

有一天，當他在森林打獵的時候，有一隻被獵狗追趕的兔子跳上他的手臂。

皇帝就把手去撫摩兔子，說道：「可憐的小動物呀！我一定要保護你，不許有人傷害你。」

皇帝就帶了兔子，到他皇宮裡去，放在一個很潔淨的兔籠裡，並且還給它許多兔子所愛吃的東西吃。

有一天晚上，皇帝一個人在他自己房間裡，忽然有一個很美麗的小姐顯在他的面前。她穿的衣服不是金的，也不是銀的，也不是絲的。她的長衣飄落著像白雪一般，頭上戴著玫瑰花環。

皇帝心裡很覺奇怪，因為他的門關得緊緊的，不曉得她從什麼地方進來。但是不久他就明白了。

小姐現一種光靈的微笑對他說道：「我是仙人白長衣，當我經過你在那裡打

獵的森林地方，我就決心要試試你的心是不是一個好皇帝，像百姓所說的一樣。所以我當你在打獵的時候，我就把我自己變了一隻白兔子，跳到你的臂上來。你現在救了我的性命，我就可以在這個上面看得出你是一個好皇帝，因為大凡一個人能夠把仁愛待小動物，自然更能夠把仁愛待百姓。百姓送你這個好名兒，真是名稱其實，你的的確確是一個好皇帝。我很感謝你，因為你救了我，我往後還要做你的好朋友，你要什麼只要你心裡一想，隨便什麼都現在你面前。」

皇帝就對仙人說道：「小姐。你如果是一個仙人。也不必我告訴你，你就能知道我心裡最大的希望。我不過只有一個兒子，名叫稽利，我很愛他的。讓我來問問你關於他的事。」

仙人說道：「你問的什麼？是不是要我使他變成很美麗的少年？還是使他在世界上做一個很有錢的人？還是使他做一個有權力的王子？」

皇帝說道：「三件都不是，我的願望，我只望他成了一個世界上最仁愛的人。他如果是一個很壞的人，就是有錢財，有權力，和美麗，也是無用的。」

仙人說道：「你所說的很對，但是我不能使他做好人，這是要他自己學好才行，我只能教導他所應該做的，我只能警告他所不應該做的，至於聽不聽，到底要靠他自己。」

皇帝嘆了一口氣說道：「那是一定的。」但是仙人雖然沒有完成了皇帝的願望，然而也有許多益處給他兒子。不多時皇帝死了。但他相信仙人能夠保護他的兒子。

皇帝死後兩三天，稽利一個人睡在自己房裡，白長衣仙人顯現在他的面前。白長衣仙人對稽利說道：「我曾經告訴你的父親，我要做你的好朋友，你看呀！這是什麼東西呀！」她就把一隻金戒子戴在稽利手指上道：「這是美麗得很呀！比金鋼鑽還好得多呢！如果你做錯了事情，這戒子就要刺你，如果你仍舊沒有改過，那麼我就不做你的朋友，要變了你的仇敵。」

白長衣仙人說了這幾句話，她的影子就不見了，稽利自己以為是做夢，但是戒子已經在他的手指上。

稽利一點事情都沒有做錯，所以戒子從來都沒有刺過他，他是很快活的過他的日子，所以個個人都稱他快樂太子。

但是有一天，稽利出去打獵，什麼都沒有得著，所以他很憤怒，就變了暴躁的性子，他就覺得戒子很緊的套在他手指上，但是戒子還沒有刺他。

當稽利回到皇宮裡，他的寶貝的狗跳到他面前了，他很凶的對狗說道：「讓開一些。」但是那狗兒仍舊跑到他面前，稽利很惱怒的，把狗踢了一腳，忽然手上戒子，刺了他一下，很厲害的，好像給針刺一般。

稽利自己暗暗地想道：「為什麼緣故呢？仙人一定和我鬧著玩的，我不過打我自己狗一下，就算什麼很壞的事情嗎？」

這時好像有聲音從空中說道：「大凡做一國的皇帝，一定要做一個最仁愛的人，我是一個仙人，我一定待你像你待狗一樣，我一定要責罰你，並且是要殺你，我想就殺你，不如先教訓你一番，要試試看你的行為，明天比今天能夠學得好一點麼？」

太子回答道：「我從此以後不敢再做壞事了。」

稽利聽從了仙人的教訓後，一回壞事都沒有做過，但是他小時給一個愚蠢保姆，引誘得變壞了，她常對太子說道：「你將來一定要做一國的皇帝，到那時無論做什麼事情，只要你愛做，你就做去。」他現在一看，雖然做一個皇帝，也不能如此橫行，所以他很生氣。

他的戒子現在又刺他，差不多血都要流出來。他很不喜歡這個戒子，因為做一個皇帝手上還有血跡，是很奇怪的事。他就想用法子把戒子脫去。

到後來他真的把戒子脫去，放在他永不能看見的地方。他自己對自己說道：「我現在很快活了，因為我現在可以自由了，要做什麼，就做什麼。」但是日子一天一天的過去，他從沒有快活的日子，因為他所做的事都是錯的。有一天稽利看見了一個年輕可愛的女人，他要立刻娶她，做他的妻子，他想她一定很願意做一個皇后，因為她平常是很窮苦的。這個女人名字叫做施利亞。但她對太子說道：「我不情願做你的妻子。」

太子回答道：「難道我面貌生得醜，不能使你喜歡嗎？」

施利亞說道：「你雖然是一個很美麗的人，但是你不像你的父親那麼仁愛。我不情願做你的皇后，因為現在你不能使我快樂。」

聽了上面這幾句話，太子的愛心就變成了恨意。他把施利亞囚在靠近皇宮旁邊的監牢裡，他問他的朋友，用什麼法子去責罰她。

他的朋友回答道：「照我的意思，每天給她一些麵包，和些水，如果她還敢說『不』，把她弄死就算了。」

稽利說道：「如果她沒有做什麼錯事，叫我怎麼樣去責罰她呢？」

他的壞朋友說道：「她說一個『不』字就是錯事。你不應受一個窮苦的女子的欺侮。」

稽利給他的朋友引誘變壞了，所以他想再問她一回，嫁不嫁他，如果她還是說不，他就把她賣了當奴僕。

當稽利跑到監牢的時候，她已經不在裡頭了，他很奇怪，不能去責備哪一個。因為鑰匙一天到晚都是在他自己衣袋裡，他不曉得她用什麼法子逃出來。

到後來，壞朋友對他說，這一定是你的教師弄的鬼，來幫助她，因為只有他一個人才敢反抗太子所做的事情。後來他又立刻召教師來上了鐵鍊，囚在監牢裡。

太子很生氣的在自己房子裡走來走去。忽然白長衣仙人又顯在他的面前說道：「太子！我曾經告訴你的父親，如果你所做的是對的，我能夠幫助你，如果你做錯了，我一定要責罰你，現在你看看你自己的樣子，你憤怒的形狀好像一隻獅子，你貪吃的形狀好像一隻貪狼，你虛假的形狀好像一條毒蛇，你凶惡的樣兒，好像一個牡牛，你就拿這些樣子去罷。當她說這句話的時候，太子立刻變了很奇怪一個野獸，他頭是獅子，他的角是牡牛，他的尾巴是毒蛇，還有狼的身體和腳。

沒有一會功夫，他跑到森林裡去，在溪邊他俯了頭去喝水。他看見他自己怪

醜的一個影子，照在水上，當那時候又聽見一種聲音從空中說道：「你看你自己醜陋的樣子呀！」這幾句話都是白長衣仙人說的，當那時候，他很凶惡的跑到仙人面前，要想吃了她。但是仙人的影兒立刻就隱滅了。說話的聲音還是跟在他的頭上，說道：「你生氣也沒有用的，你一定要學好。」沒有一會的工夫，聲音就聽不見了，他跑到森林當中去，給一個獵人看見，就把他捉了，關在籠子裡，帶到城裡去。有許多的百姓都很快樂，口中唱歌。獵人問他們道：「有什麼事情，你們這麼快樂？」

百姓們答道：「壞皇帝死了，我們要請他的老教師登基。」百姓所說的話，怪獸都聽見了，並且他還看見新皇帝坐在上面，說道：「或者稽利太子還沒有死，我一定要送還他的冠冕，我曉得他的心並不是完全一個壞人，如果他從死裡回生，他一定會變了很好，像他父親一樣，並且一個個百姓都愛戴他。」

這個可憐的怪獸，聽了這些話，他就變成很沉靜了，像一隻羔羊坐在籠子裡，獵人又把他帶往森林當中去，那兒還有許多別種的野獸，並且還有一大隊人圍聚了看他。

稽利心裡是很憂愁的，他要試試變了溫和一些，所以看守他的人，所說的話，他都聽從。

有一天當稽利睡的時候，有一隻老虎把鏈子弄鬆了，逃走出來，稽利起初看見老虎逃去，是頂快活，他想這可恨的看守人，一定要給老虎吃了。到後來他心裡又轉了一個念頭，他如果能夠把鏈子弄斷了，他就可以救看守人的性命，倘若他不去救那看守人，那老虎一定把他吃了。他立刻從籠子裡衝出，把看守人救了，忽然空中有聲音說道：「大凡做好事情的，一定得著好報酬。」當這句話說完之後，稽利忽然變了一個很美麗的犬。

稽利很快活，因為他變了稍為好一點的樣子。他就伸出舌頭，去舐看守人的腳。到後來看守人牽他到皇帝那兒去。

皇后很愛這個美麗的小犬，要留他在皇宮裡。稽利如果不曉得他將來會變了一個皇帝，那麼他一定很快活很知足了，因為他有了很和軟的床席和甘美的食物。

到後來皇后很害怕他，因為她的寶愛的犬漸漸變大了，所以她每天不過給了一些麵包，稽利肚子所以沒有飽的時候。

有一天他得了一塊很硬的麵包，他要想跑到花園裡把這塊麵包吃了，所以他銜了麵包走到流水的地方，還要想喝些水。

當那個時候，他看見一個很高大的皇宮，有許多金和寶石的亮光，並且還看見許多美女跳舞，和音樂的聲音。

他看見許多跑進去的人都是很快活，並且穿的衣服都是很美麗，但是走出來的人衣服都是很薄，並且還帶了生病的樣子。有幾個立刻跌倒，有幾個還能夠走幾步，他們都是因為肚子餓了，所以向走進去的人討一點東西吃。但是沒有一個肯理他們。

稽利看見一個很窮苦的女人，她在那兒採取樹根充饑。稽利自己想道：「怪可憐的人呀，我想她一定很餓了。這時候我要吃早飯了，但是我如果不吃，一直等午飯的時，也不會餓死。那麼這塊麵包可以救了這個窮人。」稽利想著就跑到女人的面前，把麵包放下，她拿起麵包立刻就吃完了，好像她的病好了一些。稽利跑到他自己家裡，他聽見很大的聲音，他看見四個男人拖了一個女人向皇宮走去。他很盼望去救她，因為這女人就是他所愛的施利亞。

但是一隻小犬能做什麼呢？他就跑到男人面前狂吠，且咬住他們的腿，一直等到這些男人把他打跑遠了。但稽利又回來坐在皇宮門口探聽她的下落。

他自己想道：「我最恨這些男子們，但是我自己曾經做這種壞事嗎？我有沒有把她關在監牢裡呢？」

當他坐下來想的時候，他聽見窗門開起來，施利亞把一塊麵包丟出來。這時稽利肚子很餓的，正想吃些東西，便跳起來要吃。但方才他救的那女人，忽然跑過來把稽利抱起。

她撫摩他說道：「可憐的小動物呀！凡是皇宮的東西，都是有毒的，你不要吃了它。」

那個時候又有聲音，從空中來說道：「大凡人做好的事情一定得著好的酬報。」稽利看看他自己。又變了一隻可愛的白鴿。

稽利很覺快活，因為所變的樣子，比從前又勝了一些，他起始盼望仙人能仁愛地看待他。所以他很快活的張開它的羽翼，他想現在能夠得著機會，去親近美麗的施利亞了。他就從窗門飛到皇宮裡，但是他不能找到她，他很憂愁地又飛了出來，他想他一定要飛到全世界去找她。

他立刻飛了經過許多地方，還是找不著她的蹤跡，到後來他看見一個可憐的女孩子坐在一個老人旁邊，在食粗惡食品。他曉得她就是施利亞，所以他就飛去棲在她的手上。她用手撫摩他說道：「如果他和我一塊兒住，我一定要好好的看

待他。」

老人就笑著對施利亞說道：「你說什麼？」當她說的時候，鴿子忽然不見了，變了太子稽利立在她們面前。

老人對稽利說道：「你現在又變了稽利了，剛才施利亞說她是很愛你的，她實在是永遠愛你。現在你既然把你的錯處完全改變，你們現在可以得了快活的日子了。」

稽利和施利亞兩人跪在老人面前，老人的樣子立刻也變了，她的衣服飄蕩起來，顏色好像白雪一般，他的面貌也變了白長衣仙人的樣子。

她就對稽利和施利亞說道：「我的小孩子呀！你們起來罷，我要帶了你們到你皇宮裡去，再把你的父親的冠冕給你戴上。」她說了這幾句話，稽利和施利亞已經在他們自己皇宮裡了，百姓就拿了冠冕戴在稽利頭上。

皇帝稽利和皇后施利亞不但很快活過他們的日子，並且還使百姓們也快活。白長衣仙人又把戒子給他，但是這戒子一輩子不會刺他手指出血了。

——高君箴譯述

兄妹

有一個人生有兩個孩子，一個是男兒，一個是女兒。男兒是一個非常美麗的少年，女兒的面貌卻很平常。

後來女兒與她的哥哥同在鏡子上一照，心裡覺得很懊惱，以為她哥哥有意使她難堪，便跑去告訴她的父親。

父親雙手牽了兩個孩子到面前，柔聲的對他們說道：「我親愛的，我盼望你們每天都照鏡子。你，我的男兒，你的臉既是很美麗的，就該要小心，不讓壞脾氣和壞行為把它弄醜了。你，我的女兒，你既然要美貌，那麼你也該努力求你的行為和言語溫和而且正直，以補你的面貌的不足。」

——高君箴譯述

熊與鹿

老熊阿蘇墨脫殺了母鹿阿烏娜，山獅赫列甲吃了她的屍身。母鹿有兩隻小鹿，他們失了母親，便去問阿蘇墨脫她在什麼地方。阿蘇墨脫回答道：「她是在休息著，」並且指著一間屋說道：「到裡面去，你們可以很平安的在那裡等她回來。」

他們進去了，唱著歌，想著他娘回來，因為他們餓了。當他們走到屋裡面的時候，阿蘇墨脫把門鎖了，所以他們不能出來。

於是小鹿們知道阿蘇墨脫已殺了他們的母親，並且還想去殺他們。所以他們便把這熊的屋內的門關住，不讓他進來。然後有一個仁愛的啄木鳥，給他們些火，他們就把火擺在屋中，把許多石頭放在火中燒熱。

當阿蘇墨脫回來的時候，不能走進屋來，他便叫小鹿們道：「我要進來；門在什麼地方？」

他們答道：「你在西邊找找看。」

他找了一會，但找不出門在什麼地方。

他們又叫他到北邊，但是他仍舊找不出門來。

後來他們又叫他到東邊去找，她照樣做了，也沒有成功。後來又到南方去找，也是同樣的沒有成功。

這使阿蘇墨脫十分生氣，她大叫起來道：「如果你不把門開了讓我進去，我要進來把你們吃了。」

於是他們叫他爬到屋頂，從煙洞裡爬進去，頭向下，足向上。不然便會跌了下來，要跌折他的頭頸。

他便爬到屋頂，從煙筒裡倒身鑽下去，但是正在這個時候，石頭已經燒得極熱了。他正要鑽出煙筒，小鹿們連忙用熱的石頭，把他燒死了。

——美洲印度安人的傳說，高君箴譯述

白雲女郎

在歐洲北方，一個小村裡，住了一個很快活的伊凡和他的愛妻瑪利。他們倆非常受鄰舍的歡迎。他們和鄰舍住在一起很快活。但是有一件事情使他們很不快活，他們是很愛小孩子的，而他們自己卻沒有小孩子。

他們常常坐著看鄰舍小孩子在那裡很高興的遊戲著。

有一天，伊凡叫他的妻子瑪利道：「到這兒來，看這些小孩子呀！他們在做雪的女人，他們如何的快活呀！我希望我們也去試做一個雪人。」

瑪利很願意一塊到草地上去，說道：「伊凡，我們也用雪做一個女孩子，我們就把她當著我們自己的，豈不好麼？」

伊凡說道：「這是很好的意思。」他們立刻把雪一團一團的做了一個小的身體，又把雪做成了很小的手和腳，一會功夫，瑪利又很忙的去做一個很小的頭。她的工作，非常的精巧。當雪孩做成的時候，伊凡大叫起來道：「呵，她是如何的美麗呀！看起來好像真的！」

正在那個時候，他們又憂愁起來。因為他想到她不過是雪做的。他們眼睛凝視著她的唇嘴漸漸的動了起來，她的臉上，漸漸現了紅的顏色，沒有幾分鐘以後，雪女孩變了活的小孩子了。

伊凡摩擦他的手，看著瑪利似乎做夢的樣子，然後用發抖的聲音問道：「你是誰？」

小女孩用著很尖脆的聲音答道：「我是你的小女孩白雪。」於是她跳到她的父親母親那裡去，向他們接吻，並且很快活的叫起來。伊凡和瑪利充滿了快活，他們的眼淚從眼睛裡掉了下來。他們歡迎小女孩到他們的家裡去。

村裡的人自然很稀奇伊凡和他的妻子的奇遇，但是他們立刻便忘了，因為他們常和白雪在一塊，便不覺得很稀奇。她是如此的溫和，如此的可愛，他們都非常的喜歡她。她又是如此的美麗：她的眼睛，好像藍色的天空一般的藍，她的頭髮好像最黃的太陽光一般的黃。

然而白雪有一件很稀奇的事情，在鄉村中無論老幼都要常常講到的。就是：當白雪才到她的新家的時候，不過是一個身體很小的小孩子，但是她一個月一個月長得非常快，差不多她的一月，要比得別個小孩子的一年。當春初的時候，她已長大得有十二三歲那個樣子了。她的母親也很注意這一層。雖然白雪是很快活過她的冬天，但當春天到的時候，許多小孩子都跑出門去看新綠的草和剛發芽的小樹葉在太陽中閃耀著，她就覺漸漸的憂愁起來。

有一天天氣非常的好，有幾個小孩子到她家叫道：「白雪，你為什麼不和我們一塊到樹林中去？這是採野花的很好的時候。那兒有許多野花生在有太陽的地方。」

白雪有些躊躇，但是她的母親說道：「親愛的孩子，你在家裡太久了，你也要去呼吸些新鮮的空氣。你豈不是去的好嗎？」

白雪很沉靜的答道：「你如以為好，我就去。」於是她就離開她的母親，和同伴們一起去了。

許多小孩子耗費了一天功夫，在樹林當中，聚了許多花，做花環和花冠等等。當黃昏的時候，她們燒起火來，圍著火跳舞。

火發出小爆烈的聲音，火光也特別明亮起來。許多小孩都圍著火堆跳著舞唱著歌。這時白雪卻退藏到樹蔭底下去。但是立刻給別的小孩子看見了。他們就叫她道：「呵！這是如何的好玩呀！你願意玩嗎？一切事情都跟首領做好了。」她只得走出來，在這一圈當中跳舞著。他們圍了火堆轉，沒有一會功夫，他們拍拍手，一個個從火上跳過去。在笑聲和歌聲之中忽然聽見有一聲很輕的嘆氣的聲音，又好像水淙淙的流過樹葉間的聲音一樣，他們停住他們的遊戲，去找嘆氣的聲音是從什麼地方來的。他們發現白雪不在圈子當中。

有一個叫道：「呵！白雪怎樣了？」於是一個一個都叫起來。他們又叫這小女孩的名字，但是沒有回應之聲。他們又想也許她藏了起來，也許藏在很密的樹林中。但是隨便什麼地方都找過了，也找不著她，小孩子們便驚嚇起來，去叫伊凡和瑪利來。他們去樹林找，但也是無用。因為白雪經過了火，她的身體就慢慢的變小了，融化在空氣當中，而回到她的舊時的家中去了。

這是一篇俄國的民間傳說，以白雪女郎比譬冬天的白雪。白雪到了春天雖然融化，然而一到冬天還是要來的。文中雖帶淒婉之意，而未至絕望。讀者如有嘆息於美慧的白雪女郎之化去者，請不要悲戚，且待至冬天，她便又要到地球上了。

（高君箴）

海水為什麼有鹽

在很古的時候，有兩個兄弟，哥哥很有錢，弟弟很窮。耶穌聖誕到了，但是可憐的弟弟家裡，一點東西都沒有。他就跑到哥哥那兒問他要一點贈物。

富人的天性很不好，當他聽見他的弟弟的要求，心裡很不高興，但是耶穌聖誕的時候，無論什麼人都要給贈物的，他便把煙囪上掛的一隻火腿取下來，這個火腿本來是放在那兒烘的。他把火腿擲給他的弟弟，說道：「拿去吧，下回不許再來見我的面。」

可憐的弟弟謝了他的哥哥，便把火腿放在臂下，走他的路。他回去一定要經過一座很深密的樹林。當他經過樹林中間的時候，他看見一個鬍鬚都白了的老人，用斧在砍樹身。

這窮人對老人說道：「晚安。」

老人也回答道：「晚安。」他停了他的工作看著窮人。

「你帶的這個火腿，是很好的東西。」

窮人聽見了這句話就把一切事情都告訴了他。

老人說道：「你運氣很好，碰著了我，你如果到矮人那個地方去，可以得著很好的交易。他們正住在那樹身底下的一個洞裡，因為矮人非常喜歡火腿。但是你要記著，你不要他們的錢，你必須要他們的一座手磨。這座手磨放在門的後頭。當你回來的時候，我當指點你如何用這手磨的方法。」

窮人謝謝他的新朋友，他指點給他矮人們辟的在樹底石頭下面的那個門。他就走到矮人世界裡去。他的腳一踏進矮人所在的地方，矮人便都圍了上來，因為他們已聞著火腿的氣味了。他們把各式各樣的錢、金塊銀塊都拿出來和他交換火腿。但他完全都不要。他只要放在門後頭的那座手磨。矮人聽了這句話，他們都擦擦他們的老手，沉靜了一會，臉上顯出似乎為難的樣子。

窮人說道：「照這樣看起來，我們恐怕不能成交了。我祝福你們，再見。」

在那時候，各處的矮人聞到火腿的香味，都群集了來。他們都放下他們的發掘寶物的工作。

有一個新來的矮人說道：「就把這手磨給他吧。手磨已經要壞了，並且他也不知道怎樣用法。讓他拿了手磨去，我們就可以有火腿了。」

於是交易成功了。窮人拿了手磨。這手磨是一件很小的東西，只有火腿一半大。他就回到樹林中去。老人教他如何用這手磨的方法。這事費了許多的時候，當他到家裡已經在中夜了。

他的妻子問道：「你到什麼地方去？我等了許久許久了。我們沒有柴可燒，鍋子裡也沒有什麼東西可煎烹。」

屋子裡又冷又黑。窮人要他的妻子等著，看有什麼稀奇事出來。他把小手磨放在桌子上，他開始很快的把手磨轉著。最初從磨中出來了很光亮的蠟燭，並且火爐中也同時有火了，鍋中也同時有滾沸的聲音了。因為他，心中以為最要緊的就是這些東西。後來桌上又突然現出一塊桌布來，桌布上並放有盤子、匙子、刀、叉、手巾等等東西。

他自己對於這樣的好運氣也覺得可怪，他的妻子更是非常的驚異。於是窮人把一切的事都告訴了她。他們很快活的吃了很好的早飯。吃了以後，他們又推轉手磨，磨出一切使他們房子溫暖，使他們生活很舒適的東西。於是他們有一個很快活的耶誕節晚上和早上。他們一想到他們以後不再怕窮了，心裡更覺得快活。

第二天許多人都到禮拜堂去，他們幾乎不相信他們的眼睛，因為他們看見窮人家裡的窗戶，已換了玻璃做的，窮人和他妻子，都穿了新的衣服，很恭敬的跪在禮拜堂裡作禱告。

每個人都說道：「這真是很奇怪的事情！」

他的哥哥富人知道了這事，更覺得稀奇。三天以後，他的弟弟請他吃一頓很好的筵席。桌子上鋪了一塊白得像雪一般的白布，杯盤以及其他東西，都是用金銀做的。富人用所有的家產，還不能買到像這樣的器具和這些好吃的東西。

他驚叫道：「這些東西你從什麼地方得來的？」他的弟弟告訴他一切事情：如何遇見老人，如何和矮子交易。說完了又把手磨拿出，放在桌子上，推轉起來，磨出許多木鞋、皮鞋、大衣、襪子、長衣，以及毛氈等等。他叫他的妻子把這些東西散給許多窮人。

富人非常妒忌他兄弟的好命運。他要想把手磨借去。他弟弟知道他是個不誠實的人，借了一定不肯再送還的；並且白髮老也告訴過他，叫他不要把手磨借給人家或賣給人家。所以無論他哥哥怎樣勸誘他，都沒有用。

數年之後手磨主人建築了一座宏麗的別墅在海邊。他的窗戶反照著黃金似的太陽。在海上遠遠的看，即能看這所別墅，所以它竟成了航海者觀望陸地的記號了。從別國來的客人，常常來看這所別墅及那一座奇怪的手磨。一般人都輾轉傳說這手磨的故事。

後來有一個外國商人來，當他看見這手磨，便問究竟能不能磨鹽。主人說：「能夠。」他就想把手磨買了回去。因為他是鹽商。他想如果他得著手磨，一定可以產出無數的鹽，且可以少了水路上的許多危險。

主人自然是不肯賣的。他現是很富裕的了。自己可以用不著這手磨。只在每個耶誕節，磨出許多吃的東西、衣服、煤炭等等分散給窮人，還有種種很好的禮服分給小孩子們。富商辭了出來。他立定主意要取得這個手磨。他用錢買囑主人的下人，在晚上到房子裡偷出手磨。於是他很快活的上船走了。他在船上便向手磨說道：「現在，磨呀！照你所能的，磨出鹽，鹽，鹽，別的東西都不要，只要鹽。」手磨就開始磨了。鹽從磨中出來，水手們就去裝了一袋，如此一袋一袋的裝，把所有的袋子都裝滿了，鹽仍然從磨中不絕的出來。他不知如何辦法，只好把鹽裝到船艙中。

現在這不正實的商人開始害怕了。將怎樣才能叫手磨停止了呢？他一毫不知道。只得看著手磨一刻不停的磨出鹽來。船都滿了，便沉了下去。手磨也慢慢跟了船沉了下去，但仍舊在磨著。

船碎做一塊一塊了，但是手磨在海底，仍舊在那裡磨出鹽來，照那富商的吩咐，不要別的東西，只要鹽。這就是現在的海水為什麼會有鹽的原因。

——北歐的傳說，高君箴譯述

自私的巨人

每天下午，小孩子們由學堂裡出來，總是要到巨人的花園裡去遊戲。這所花園是一所大而可愛的花園，地上滿鋪著柔軟軟的綠草。草上到處都立著美麗的花，如星點一樣，還有十二棵桃樹，春天開出粉紅與珠色的鮮明的花朵，秋天結出豐富的果子。小鳥棲在樹上，鳴聲婉和，小孩子們常停止了他們的遊戲，在那裡靜聽。他們常常互相叫道：「我們在這裡多麼快樂呀！」

有一天，巨人回來了。他去找他的朋友考涅許妖魅，同他住了七年。七年過去了以後，他把他所要說的話都說完了，因為他的談話沒有了，他便回到他自己家裡來。他到家的時候，正看見小孩子們在花園裡遊戲。

他用非常粗暴的聲音嚷道：「你們在園裡做什麼？」小孩子都跑走了。

巨人道：「我自己的花園就是我自己的花園，無論什麼人都知道，除了我自己以外，無論什麼人都不准在裡邊遊逛。」於是他在花園四周築起高牆，釘上一塊板，上面寫道：

「不准擅入本園，如違送究。」

他實是一個非常自私自利的巨人。

可憐的小孩子們現在沒有地方遊戲了。他們想在路上遊戲，但是路上非常的齷齪，並且滿是硬石塊，他們不喜歡它。他們當功課完了以後，往往在高牆底下走來走去，談到牆裡面的美麗的花園。他們互相說道：「我們以前在那裡多麼快樂呀。」

於是春天到了，村中滿是小花與小鳥。只有這自私的巨人的花園裡仍舊是冬天，小鳥不願意在裡面唱歌，因為沒有小孩子們，樹木也忘了開花。有一次，曾有一朵美麗的花從草中露出頭來，但是當它看見告白板時，它替小孩子們非常憂愁，仍舊又潛入地下，走去睡覺。喜歡的只有雪與霜。它們叫道：「春天忘了這個花園了，那麼，我們可以一年到頭住在這裡了。」雪用她的偉大的白外套蓋著綠草，霜則把所有的樹木都染成銀白色。於是他們邀請北風來同他們一塊住，它就來了。它穿著皮裘，終日在園中吼嘯，把煙囪的頂筒都吹倒了，他說道：「這實是一件快活的遊戲，我們一定要叫冰雹也來遊歷一回。」於是冰雹來了，每天有三點鐘，它轟轟的落在這所屋子的房頂上，把大多數的瓦片都打碎了，然後它盡其所能，在園中飛快的跑來跑去。他穿著灰色的衣裳，他的呼吸如冰一樣。

自私的巨人，坐在窗戶旁邊，看著他的寒冷而且白色的花園，說道：「我不明白，春天為什麼來得這樣晚，我希望天氣要有變動才好。」

但是春天永遠不來了，夏天也不來了。秋天給每一花園以金色的果實，但是對於巨人的花園，卻一些也不給。她說：「他是太自私自利了。」所以只有冬天永遠在那裡，只有北風與冰雹，與霜，與雪，在樹林中跳舞。

一天早晨，巨人醒著躺在床上，他聽見可愛的樂聲。這個聲音入他的耳朵非常的優婉好聽，他想，這一定是皇帝的樂師經過這個地方了。其實不過是一隻小梅花雀立在他窗外唱歌，但因自他聽鳥在他的花園裡唱歌後，已經有許多時候了，所以這種鳴聲在他聽來，似乎是世界上最好聽的音樂。在這個時候，冰雹停止在他頭上面跳舞，北風也停止吼嘯，從洞開的窗戶間吹進來一陣和悅的香氣。巨人說道：「我相信春天到底是來了。」他從床上跳起來，向外面看。他看見什麼？

他看見一個非常奇怪的景象。從牆上的一個小洞裡，小孩子們爬了進來，他們都坐在樹枝上。在他所能看見的樹上，每一棵樹都有一個小孩子。因為小孩子們又回來了，那些樹林如此的快活，它們用花朵覆蓋它們自己，輕輕的搖動它們的手臂在小孩子們的頭上面。小鳥飛來飛去，快活的囀鳴著，花朵從綠草中看上面，笑著。景色真可愛，只有一角還是冬天氣象。這是園中最遠的一角，在那個地方站著一個小孩子。他人太小，不能夠上樹枝的高，他繞著樹走，悲傷的哭著。可憐的樹還是蓋著霜與雪，北風還是向他吹嘯。樹說道：「爬上來！小孩子。」他彎下他的枝條，盡其力之所能，但是那個小孩子太小了。

巨人看著，他的心融化了。他說：「我如何的自私自利呀！現在我知道春天為什麼不到這裡來的原故了。我要把那個可憐的孩子坐在樹頂上，然後把牆弄倒，我的花園要永遠永遠的做孩子們的遊戲場了。」他對以前所做的事，非常憂愁。

於是他走下樓梯，很柔和的開了前門，走到花園裡去。但是當小孩子們一眼看見他，他們都嚇跑了，花園仍舊變為冬天了。只有那個小孩不跑，因為他眼睛中滿盛著淚，所以沒有看見巨人走來，巨人偷偷的走到他身後，輕輕的把他抱在手裡，然後把他坐在樹枝上。那棵樹立刻開花了。鳥也都飛來，在上頭囀鳴，那個小孩伸出兩臂，環抱巨人的頭頸，同他接吻。別的小孩子看見巨人不再惡氣凶凶了，也都跑回來，春天也就跟著他們回來了。巨人說道：「這所花園現在是你們的花園了，小孩子們。」他遂拿了一把大斧頭，把牆弄倒了。當大家在十二點鐘到市場去的時候，他們看見巨人同小孩子們在一所他們永沒有看見過的最美麗的花園裡一同遊戲。

他們終日的遊戲，到了黃昏的時候，他們才向巨人說再會。

他說道：「但是你那位小朋友到哪裡去了，我曾抱他坐上樹。」巨人最愛他，因為他曾與他接吻。

小孩子們回答道：「我們不知道，他已經走了。」

巨人說道：「你們必須告訴他，叫他明天到這裡來。」但是小孩子們說，他們不知道他住在什麼地方，以前，也向來沒有看見過他，巨人覺著非常憂愁。

每天下午，學堂功課完了以後，小孩子們就走來同巨人一塊遊戲。但是巨人所愛的那個小孩卻永遠沒有再看見。巨人對所有的小孩子們都非常和善，然而他總想著他第一個小朋友，常常的談到他。他常常的說：「我如何的願意見他呀！」

一年一年的過去，巨人變成非常的老而且弱了。他不能再從事於遊戲了，於是他坐在一張大靠臂椅上，看著小孩子們遊戲，並且稱讚他的花園。他說：「我有許多美麗的花，但是那些小孩子們卻是所有的花中的最美麗的花。」

一個冬天的早晨，他穿衣的時候，向窗外看。他現在不恨冬天了，因為他知道冬天不過是春天的睡眠，花卉的休息而已。

忽地，他很奇怪的擦他的眼睛，看了又看。這實在是一個奇怪的景象。在花園的最遠的一角，有一棵樹滿蓋著可愛的白花。它的枝條都是金的，銀的果子從枝上掛下來，在樹底下，站著他所愛的那個小孩。

巨人帶著大大的喜歡跑下樓梯來，走進花園。他匆匆忙忙的經過草地，向小孩走去。當他走到非常近時，他的臉怒的紅了，他說道：「什麼人敢傷你？」因為在小孩的手掌上有兩個釘的印子，還有兩個釘的印子在他的小小的足上。

巨人嚷道：「什麼人敢傷你？告訴我，我要拿出我的刀去殺死他。」

小孩回答道：「不必！但這些是愛的傷痕。」

巨人說道：「你是誰呀？」奇異的畏敬降在他身上，他跪在小孩的面前了。

小孩向著巨人微笑，對他說道：「你有一回讓我在你花園裡遊戲，今天你要同我一塊到我的花園裡去，我的花園就是樂園（Paradise）。」

下午的時候，小孩子跑了進來，他們看見巨人死在樹底下，身上滿覆著白花。

——英國王爾特（O. Wilde）著，鄭振鐸譯

安樂王子

一個城裡，立著一座很大的紀念碑，碑上立的是安樂王子的銅像。銅像的外面，全用金葉包裹著，眼睛是用光亮的碧玉做的，劍柄上又鑲了一塊大紅寶石。城裡的人看見了這個像，都讚賞不止。

一天晚上，有一隻小燕子飛到城裡來。他的朋友們六禮拜以前已經到埃及過冬去了。只有他因為戀著一棵好看的蘆葦，獨自留在這裡不去。他最初遇見這棵蘆葦的時候，春天方開始走來。他正在河面上追捉一個大黃蛾，看見這棵蘆葦，就愛她的細腰，停下來同她談話。

「我愛你可以麼？」小燕子說。蘆葦對他低低的鞠了一個躬，他就繞蘆葦而飛，翼膀點著水面，起了漣漣的銀波。

如此的過了春天，過了夏天。

許多小燕子對他說道：「真是可笑的事。她是沒有錢的，親屬又是非常多。你為什麼愛她？」真的，河裡的蘆葦真是非常的多。

秋天到了，別的燕子都飛到埃及過去了。只有他還留在這裡。六個禮拜慢慢的過去了，小燕子因為一個同伴也沒有，覺得非常寂寞：對於葦也不大高興，因為她不會說話，又常對風鞠躬。燕子最後問她道：「你能同我一塊走麼？我要到埃及去了。」蘆葦搖頭。小燕子遂飛去。

小燕子飛了一天，晚上的時候，飛到了城裡，心裡正想住在什麼地方好，忽然看見了安樂王子的銅像，遂飛到銅像旁邊，睡在安樂王子的足下。

正在他要把頭擺在翼膀裡，預備睡覺的時候，有一大點的水突然滴在他的身上。他覺得非常奇怪，因為頭上天色清明，星光燦爛，絕對不是下雨。

第二點水又滴來了。

小燕子自語道：「銅像遮不住水點，我要睡在他足下做什麼？還是再去找一個好地方吧。」他一面說，一面伸開翼膀要飛。

第三點水又滴下來。他抬頭一看——奇怪呀！

安樂王子的眼睛裡正滿盈盈的包著眼淚呢！一滴一滴的熱淚由眼睛中逸出，經過他金色的臉上流下來。小燕子不覺又可憐起他來。

問道：「你是誰啊？」

「我是安樂王子。」

小燕子說，「那麼你為什麼哭呢？你的眼淚，濕了我一身。」

安樂王子答道：「我活的時候，我有一副人心；我不知道眼淚是什麼東西。因為我住在皇宮裡，什麼憂愁都是進不去的。日裡我在花園遊戲，夜裡我在大殿裡跳舞，他們都叫我做安樂王子。我那時真是快樂！我死了以後，他們把我高高的立在這座碑上。我整日整夜的看見許多人間悲慘事。雖然我的心現在是鉛做的，卻忍不住要哭了。」

安樂王子又低聲說道：「在離此很遠的一條小巷裡有一家窮人家。我看見有一個女人坐在桌旁，臉非常瘦白，手上都是針痕。她是一個縫婦，正在替宮女做繡衣。在屋角床上，有一個病孩躺著。他害的是熱病，嚷著要橘子食。他母親沒有錢買橘子，只給他水喝。他正哭著呢。小燕子，你不能把我劍柄上的紅寶石拿去給她麼？我的足站在碑上，不能移動一步。」

小燕子說道：「我不能去，因為我的朋友正在埃及尼羅河上等我呢？」

安樂王子說道：「你不可以多住一夜，把這件事做完麼？孩子正渴著，母親心裡不知道多少難受呢！」

燕子答道：「我不喜歡小孩子。今年夏天，我住在河上的時候，有二個小孩子常常拿小石子擲我。雖然打不到我，究竟是很可惡的舉動。」

但安樂王子的愁容終於感動了小燕子，他決定再住一夜，替安樂王子辦了這件事，就從劍柄上取了紅寶石，飛到縫婦家裡去。飛過宮中時，宮中的人正在星光下立著，罵縫婦偷懶。

到了縫婦家裡，縫婦因為太疲倦了，已經睡著了。孩子在床上呻吟著，總是睡不著。燕子把紅寶石擺在桌上。他又飛到床邊用翼膀來扇孩子的額頭。孩子說道：「真涼快啊！」說時，他睡著了。

小燕子於是飛回去。他對安樂王子說道：「真是奇怪，天氣雖冷，我現在反倒覺得暖熱了。」

安樂王子答道：「這是因為你做了好事的原故。」

小燕子很舒服的睡著了。

第二天早上，燕子到各處去遊逛。月亮上時才回到安樂王子那裡去。他向安樂王子告別道：「我要走了。」

安樂王子說道：「小燕子，小燕子，你不能再住一晚麼？」

小燕子道：「不能，不能，我的朋友在埃及金字塔上等我呢。」

安樂王子說道：「小燕子，小燕子，離這裡很遠的地方，有一個少年住在樓上。他的手靠在桌上。正為一家戲園做劇本。但因為太冷，屋裡沒有火，已經不能寫下去，腹裡又餓，人已是非常虛弱的了。」

燕子的心腸是很輕的，聽了這一段話，立刻說道：「我就再住一晚罷。你能再拿一粒紅寶石給我麼？」

安樂王子說道：「哎呀！我現在沒有紅寶石了。把我的碧玉的眼珠拿一隻給他罷。他有了這個東西，可以把它賣掉，換來柴米，把他的劇本做完。」

小燕子哭了，說道：「親愛的王子呀，我不能這樣做。」

「燕子，燕子，小燕子，請照我的話做去罷。」

於是燕子取了王子的碧玉眼珠，銜在口裡，飛到那位少年住的樓上，把他擺在桌上。少年一眼看見了碧玉，喜歡極了，他叫道：「我現在可以把劇本做完了。」

第二天傍晚，小燕子又向安樂王子告別道：「再見，再見，親愛的王子，我到埃及去了。」

安樂王子道：「小燕子，小燕子，你不能再住一晚麼？」

燕子道：「冬天到了，雪要下來了。埃及的同伴正在暖和的日光中等我呢！我不能再住了。」

王子道：「下面路上，有一個賣火柴的小女兒站在這裡。她的火柴掉在溝裡去，全弄濕了。她的父親見她不帶錢回家，一定會打她的。所以她現在正哭著。她是赤足的，頭上也沒有戴帽子。你把我剩下的一隻眼珠取出給她罷。」

燕子道：「我可以同你再住一夜，但卻不能再取了你的眼睛去給人。你的兩隻眼睛全去了，不是瞎了麼？」

王子道：「燕子，燕子，小燕子，請照我的話做去罷。」

於是燕子就把王子剩下的一隻碧玉眼珠取出，銜在口裡，飛到賣火柴的女兒身旁，把碧玉放在她手裡。小女孩看見了碧玉，驚奇道：「哪裡來的這樣好看的玻璃？」就笑著回家去了。

燕子回到王子那裡去，說道：「親愛的王子，你現在瞎了。我永久同你住在一起了。」

王子道：「不必，小燕子，你一定要到埃及去。」

燕子道：「不，不，我永久同你住在一起了。」說完了這句話，他就睡在王子足上。

第二天，他一天都坐在王子背上，講所見的奇事給他聽。

王子道：「親愛的小燕子啊，你不要告訴我這些奇事。天下的奇事還有比窮苦的男人女人所受的痛苦更奇的麼？請你在城裡飛行，小燕子，告訴我你所看見的事。」

於是燕子就在城裡飛來飛去，看見富人們坐在大房子裡嬉笑，乞丐們卻坐在門外受餓受凍。又看見有兩個窮小孩睡在橋下，摟抱在一塊，以求暖和，嘴裡嚷著餓。守橋的人大聲的驅逐他們道：「起來，不要睡在這裡！」他們只得起來，走入雨中去。

燕子回去，把所看見的事告訴給安樂王子聽。

王子道：「我身上披的都是金葉；你可以一葉一葉的把它取下來，分給他們窮人；人類都以為金子是能使他們快樂的。」

燕子照他的話做，把他身上的金葉，一葉一葉的取下來，分給窮苦的孩子們。孩子們現在有飯吃了，一個個的臉色都非常好看，笑著跳著，在大街上遊戲。但是因為金葉全被取下來的緣故，安樂王子卻變成非常難看了。

不久，雪來了，道路全成白色，家家的簷頭都掛著冰柱。可憐的小燕子漸漸的受不住冷，但他因愛安樂王子的原故，仍舊不肯飛走。他飛到麵包鋪啄食麵屑，又時時拍翼取暖。

但最後，他自己知道快要死了，竭力躍上安樂王子的肩上，向他告別道：「親愛的王子，再見，再見。」

王子道：「你現在到埃及麼？」

燕子答道：「不是，不是，我是到死神之家去。」

他漸漸支援不住了，一失足就跌在王子足下死了。

這個時候，安樂王子銅像的心裡，忽然響了一下，他的鉛心裂成兩半了。

城裡的人看見安樂王子身上沒有金色，兩隻碧玉做的眼睛也不見了，劍柄上的紅寶石也沒有了，都覺得非常的討厭他。大家集議把安樂王子取下，再鑄一個別的銅像上立在石碑上面。他們看見安樂王子足旁有一隻死燕，就把他擲在垃圾堆裡。

鐵匠把安樂王子的鉛心放在熔爐裡燒，經了許久不會熔化。鐵匠覺得奇怪，就把他擲在垃圾堆裡。在這個垃圾堆裡，死燕也正躺著。

上帝對一個天使說道：「你把城裡的兩個最寶貴的東西帶來見我。」天使就把安樂王子的鉛心與死燕帶來見上帝。

上帝說道：「燕子可在樂園中唱歌，安樂王子可在金城裡替我誦詩。」燕子與安樂王子從此就很快樂的住在天堂裡。

——根據英國王爾特（Q. wilde）的原文而略有刪節。

少年皇帝

少年皇帝登基的前一天晚上，他一個人坐在他自己宮中。他的宮人都退出去了。他只有十六歲，還是一個小孩子。看宮人們都出去了，倒覺得舒服些。他躺在床上，嘴張著，好像一隻在森林中被獵人所驚的小野獸一樣。

他到皇宮裡來，真是像被人獵來一樣。他本是老皇帝獨生女的兒子，是這位公主與一個平民祕密結婚所生的。他出世不到一個禮拜，就離開母親，寄養在一個牧人家裡。他自己還以為真是這個牧人的兒子呢！

老皇帝臨死的時候，差了許多人去找他，找到他時，他還蓬著頭，赤著足，手裡拿著牧鞭在那裡牧羊。

現在他是一個皇帝了！

皇宮中的一切東西，他都不習慣，都覺得奇怪而宏麗。他看見許多珠寶為他預備，許多頂好看的衣服為他穿著，許多宮人向他必恭必敬的服侍，反覺得迷惘而且不慣。他在宮中許多時候，每天只是到處亂跑，什麼東西在他看來都是奇怪的。

明天就是登基的日子。今天晚上不得不早此去睡，當宮人退出他的屋外時，他就上床睡著了。

他睡的時候，做了一個夢。下面所講的就是他的夢。

他覺得他正站在一間寬大低矮的屋子裡。屋中擺了許多架的紡織機器。日光由窗中射進，織工的臉色約略可以看見。他們一個個都俯在他們的機上不息的做工。有許多臉色灰白，好像有病的小孩子，也在那裡不息的做工。有幾個女人在桌上縫紉。屋裡空氣非常惡濁。牆上都是濕的。

少年皇帝走到一個工人旁邊，站在那裡看他做工。

工人很生氣的看了他一眼，說道：「你為什麼看著我？你不是我們主人派來監察我們的奸細麼？」

少年皇帝問道：「誰是你們的主人？」

工人悲聲叫道：「我們的主人！他也同我們一樣，是一個人。所分別的不過他穿著美衣，我穿著破服，他每天吃得太飽，我每天餓得要死罷了。」

少年皇帝說道：「這個地方是自由的，你們並不是人家的奴隸。」

工人答道：「戰爭的時候，力強的人奴隸力弱的人；和平的時候，有錢的人奴隸貧苦的人。我們一定要做工才能活著，一天不做工就要一天沒有飯吃了。他們給我們工錢極少。我們為他們做了一天的苦工，所得的金錢卻被他們收進腰包裡去。我們種出葡萄，他們吃著葡萄酒；我們種麥，他們吃著麵包。至於我們自己呢，卻餓著肚子，終日不得一飽。我們的孩子也多夭死的。我們是被鏈子鎖住的，雖然沒有人能夠看見這個鏈子。我們是奴隸，雖然大家都以為我們是自由的人。」

「你們大家都是這樣麼？」少年皇帝問道。

工人答道：「我們大家都是這樣，無論老的，少的，無論女人，孩子。窮神以她的餓眼看著我們；罪神擺著他的愁臉跟著我們。我們早上起來，憂愁也就跟了我們起來。我們晚上睡覺，羞恥又坐在我們旁邊。你不是我們裡邊的人，你的臉色太快活了。」他說定了話就轉臉做他的工。

少年皇帝看他所用的線是金的，就大吃一驚，問工人道：「你在織的是什麼人的衣裳？」

他答道：「這是少年皇帝登基穿的衣裳。」

少年皇帝大叫一聲，醒了過來。他原來還睡在自己屋裡，由窗中看出去，月亮還掛在天上。

他又睡了，又做了一個夢。這就是他的夢：

他覺得他現在躺在一隻大船的甲板上。船主坐在他旁邊的一塊氈上。許多奴隸搖著櫓，他們穿著破衣，每一個人都用繩子連結在他旁邊一個人的身上。太陽的熱光，照著他們。

他們用力的搖櫓，後來到了一個小海灣。船停了下來。從海岸上吹來了一陣風，把甲板上、蓬上都蓋了塵土。三個亞拉伯人，騎了野驢，奔向海岸，把手中的矛向船上拋去。船主拿起弓箭，照準一個亞拉伯人的喉頭射去。亞拉伯人跌下驢子，死了。他的兩伴如飛的跑掉。船就下了錨。

一個黑奴走到艙裡面，拿出一面繩梯來；梯下面掛著很重的鉛塊。船主把這面梯掛在船外。黑奴把奴隸中最年輕的一個，解了下來，把他鼻子裡、耳朵裡都塞了棉花，又用一塊大石頭掛在他腰上。他由繩梯上爬到海面，由梯末沉入海中去。在他沉的地方，起了幾個水泡。

過了一會，沉入海中的奴隸，又升出海面，右手上拿著一粒明珠，爬上繩梯來。黑奴把珠接過來，又促他下海去。

他又上來，又得了一粒珠；然後又沉下去。

如此的，他沉入海中許多次；每次上來，總有一粒珠拿在手裡。船主把珠拿在手裡稱量了一下，把它擺在綠皮的小袋裡。

少年皇帝看不過去，想立起來說幾句話，但是他的舌頭好像生了根似的，一點也不會轉動，他的嘴唇也變硬了。最後，入海的奴隸又上來了。這回他所採來的珠，又大，又明亮，比滿月還圓，比晨星還白。但是他的臉色卻慘白得沒有一點人色。當他走到甲板上時。他倒下去了。他鼻子同耳朵裡都流出血來，身子動了幾動，就死去了。黑奴聳肩，立刻把屍身拋到海裡去。

船主笑著，接過那粒大珠來，把它擺在前額，叫道：「這粒珠真可以給少年皇帝鑲在朝笏上了。」他就叫黑奴們拔錨開船。

少年皇帝聽了他這句話，大叫了一聲，醒了過來。原來他還睡在自己屋裡，由窗裡看出去，東方已有一點亮，一切東西都隱約可以看見，殘星幾點也還掛在天上。

他又睡了，又做了一個夢。這就是他的夢：

他覺得他現在正在一座潮濕森林裡走過，樹上滿掛著奇花異果。大蛇伏在路旁，昂首吐舌的看他走過去；五色的鸚鵡在樹枝躍來躍去。大烏龜睡在滾熱的泥濘中。猩猩和孔雀也時時在樹上現出來。

他走，走，走，走到森林邊界了。他看見一大群人在一個乾了的河床上做苦工。他們同螞蟻一樣的爬上山去。他們又在地上掘了很深的井，跑到井裡去。有的用大斧頭砍石塊，有的在那裡掘河。他們匆匆忙忙，辛辛苦苦的做工，沒有一個人躲懶。

從一個洞穴的黑暗處，死神與貪吝之神凝視著這些做苦工的人。死神說道：「我疲倦了，把他們給我三分之一，讓我走罷。」

但是貪吝之神搖頭不肯。她回答道：「他們是我的僕人。」

死神對她道：「你手裡拿的什麼？」

她答道：「拿的是三粒穀。你要怎樣？」

死神叫道：「給我一粒，我要把它栽在園裡。只有一粒，我就走了。」

貪吝之神道：「什麼也不給你！」

死神笑著，拿了一個杯子，把杯子沉在水澤中，由杯中現出了瘧神。瘧神由做工的人群中走過去，他們中的三分之一的人就躺下去死了。一陣冷霧跟在她後面，水蛇跟在她旁邊。

貪吝之神看見三分之一的人死了，哭嚷道：「你殺死了我三分之一的人了，可以走罷。」

死神道：「不，你不給我一粒穀，我一定不走。」

貪吝之神不肯，說道：「我什麼也不給你。」

死神笑著，拿了一塊石塊，拋到森林中去，熱病之神穿著火焰衣由森林中走出來，她由做工的人群中走過，三分之一的人又躺下去死了，綠草在她足下的也都枯死了。

貪吝之神哭嚷道：「你又害死我三分一的人了！你去罷！」

死神答道：「不，你不給我一粒穀，我一定不走。」

貪吝之神道：「我什麼也不給你！」

死神笑著，嘴著呼哨了一下，一個女人從空中飛來。她的額上，寫著瘟疫之神四字。她用她的翼膀蓋著山谷，做工的人沒有一個能夠活著了。

貪吝之神悲哀地走進森林裡去，死神也騎著馬飛快地走了。

少年皇帝哭了起來，自己問道：「這些做工的人是誰，為什麼到這裡來？」

一個人站在他背後，答道：「他們是工人，為一個皇帝冠上的紅寶石到這裡來的。」

少年皇帝跳了起來，回首一看，看見一個手著拿著銀鏡的人。他臉色漸漸的變白了，問那拿著鏡子的人道：「那個皇帝是誰？」

他回答道：「望這面鏡裡一看就知道是誰了。」

少年皇帝望這面鏡裡看了一下，看見他自己的臉，他大叫了一聲，醒了過來。太陽已經照在屋裡了。花園中群鳥正在那裡婉轉的唱著歌。

宰相同許多大官走進屋內，向他行禮；宮人拿著金龍袍，寶石冠，同鑲著大圓珠的朝笏，請他穿戴。少年皇帝向這些東西看看。真是好看呀！但是他忽然記起他的夢來，就對宮人說道：「把這些東西拿走，我不用他們。」

宮人都奇怪起來，有的笑了。他再嚴厲的對他們說道：「把這些東西拿走，不要給我看見。雖然今天是登基的吉日，我一定不要用他們。因為這件袍子，是在憂愁之屋，痛苦之手裡繡出來的。紅寶石的心中滿含著血，明珠的心中也映著死字呢。」他就告訴他們他的三個夢。

他們聽了，互相耳語道：「他真是瘋了，夢不過是一個夢，為什麼當它是真的事？」

宰相對少年皇帝說道：「陛下呀！我請你不要把這些黑暗的思想留在心裡。請穿上金袍，戴上這頂皇冠。如果你不穿上這套衣服，百姓怎麼知道你是皇帝呢？」

少年皇帝問道：「如果我不穿皇帝的衣服，他們真的就不知道我是皇帝麼？」

宰相道：「是的！」

少年皇帝叫他們都離開了，只留一個年約比他輕的宮人在身旁。他在水裡洗了一回浴，浴完，把大箱子打開，拿出他以前當牧童時穿的衣服，穿在身上；把以前所用的打羊鞭拿在手裡。又把荊棘採了一枝，彎成一個圓圈戴在頭上當帽子。

小宮人張大著眼睛，顯出非常詫異的神氣。

少年皇帝就這樣的走到受賀的大殿裡去。許多貴族，許多大臣，正在那裡等他出來，看他這個樣子，又是好笑，又是驚奇。其中有幾個人叫道：「陛下！百姓等候著他們皇帝呢！你卻穿著乞丐的衣裳出來。」有的人說道：「他貽羞於我們的國家，實在不配當我們的主人。」但是少年皇帝不說一句話，只向前走去。他走下石階，經過銅門，騎上馬，向禮拜堂走去。小宮人跟在他旁邊。

聚在街上的百姓們看見他，都笑起來，說道：「騎馬的是皇帝的弄臣。」少年皇帝拉著馬韁，對他們說道：「不是的，我就是皇帝。」他就告訴他們他的三個夢。

人群中走出一個人來，悲聲對少年皇帝說道：「陛下，你不知道窮人是生活在富人的奢靡中麼？為一個惡主人做苦工比之沒有主人還好得多呢！不然，窮人吃什麼？」

少年皇帝說道：「有錢的人同窮人不是兄弟麼？」

他們不響。

少年皇帝眼睛裡滿是眼淚，鞭著馬由百姓們的微語聲中向禮拜堂走去。小宮人害怕起來，離開他走了。

少年皇帝到了大教堂門口，兵士攔住他不准進去。他們說道：「你到這裡來做什麼？除了皇帝以外，誰也不能進這個門。」少年皇帝生氣起來，說道：「我就是皇帝。」他搖動他的馬鞭就跑進門去。

老主教看見少年皇帝穿著牧童衣服走進來，覺得非常奇怪，從座上站起來，對他說道：「你穿這種衣服來麼？我用什麼冠加在你頭上，用什麼笏擺在你手裡呢？今天是快樂的日子，不是屈辱的日子。」

少年皇帝問道：「你以為『快樂』應該穿『憂愁』所做成的東西麼？」他又告訴老主教他的三個夢。

老主教道：「我是一個老人了，我生平不知道見了多少不平的事，多少可悲痛的事！強盜殺人搶錢，劫孩子賣給摩爾人。獅子捕捉牲口。海盜沿途打劫，焚燒漁船。乞丐到處遊行，與狗同食。你能叫他們不要這樣麼？獅子、強盜能服從你麼？上帝不是比你更慈悲麼？我勸你不要想這些事了。請回到宮中，快快活活的穿上皇帝的禮服，戴上皇冠，拿起朝笏再來罷！不要再想你的夢。世上的痛苦太多，絕非一個人的心所能忍受；世上的擔負太重，也絕不是一個人的肩膀所能擔住的。」

少年皇帝道：「你在這個地方也這樣說麼？」說完了這句話，他不管牧師，自己跑上祭壇，站在耶穌聖像的面前。他跪下去，伏首禱告。燭光非常明亮，香煙嫋嫋上升。

忽然一陣喧嘩的聲音由街上傳進來。貴族們拿著刀跑進禮拜堂。他們叫道：「做夢的人在哪裡？他穿著乞丐的衣裳，貽羞於我們國家。他不配統治我們，我們一定要殺死他。」

少年皇帝伏首祈禱，祈禱完後，慢慢的站起來，用憂愁的眼睛向他們看。

大家都嚇倒了！從五色的窗中，射進日光，照在他身上。已死的蓮花，再開了；花的顏色比明珠還白。已乾枯的玫瑰也放出血紅的花，比紅寶石還要紅些。少年皇帝身上穿著皇帝的禮服。殿裡充滿神祕芳香之氣。他這樣的站在他們的前面，尊嚴而且美麗，比穿著「憂愁」和「痛苦」所做的禮服和皇冠尊嚴美麗得多了！樂器響了起來，歌童唱著。百姓們都跪下了；貴族們拋下刀執臣禮極恭；主教的臉色也變白了；他的手顫抖著，跪在少年皇帝前面。

少年皇帝從祭壇上走下來，由靜默畏敬的群眾中，走回宮去。但是沒有一個人現在敢抬頭看他的臉，因為他的臉，正像一個天使的臉，尊嚴而且美麗。

——根據王爾特的原文而略有刪節（鄭振鐸）

騾子與夜鷹

一個騾子看見了一隻夜鷹，叫道：
「喂！喂！好朋友！
他們說，你是一個第一等的歌者：
現在讓我聽聽你的唱，使我可以決定；
我實在想要知道——世界上的批評總是編的——你是否有這種偉大的天才，你的藝術是否實在這樣好。」
夜鷹開始唱它的天上之歌，奏了許多的優美的樂音，它的聲音變化萬千，忽而高，忽而低，忽而綿延欲斷，永遠地變著：現在真是優婉好聽呀——忽又漸漸的低了，消沉了，
幾乎是沉靜不聞了——和諧，婉柔，
如傍晚時的遠處的牧童的笛聲：可愛的樂聲散漫於森林中；
一切的自然界似乎都在那裡靜悄悄的聽著：

連微風也不敢來驚動這沉寂的空氣：
森林中一點別的聲音都沒有，
可愛的羊群躺下在河岸旁邊。
特童如石像一樣地站住——恐怕他的呼吸會驚擾了這樂聲，
他的手向那諧融的樹指著，
似乎是對他所愛的女郎說道：「靜聽！」

歌聲止了：我們這位批評家，
俯著貴頭向地，高聲說道：
「原來是這樣，這樣；你實在是有些才能；
截短你的歌聲，使批評家可以聽見；
你的聲音還不尖銳：
但是如果 Chanticleer 能夠來教你幾次，
無疑地，他會把你的聲音提高，把你的耳朵弄得諧和；
但你，不管你的所有的缺點。

總算是一個很可造就的歌者了。」
可憐的鳥
默默地，謙抑地，聽著這位批評家的話，
平靜地飛到天空去，
飛過許多、許多的森林和田野。
現在這種批評家真是多極了。
慈悲的上帝呀！保護我們避開他們的讚美。

——俄國克魯洛夫著，鄭振鐸譯

天鵝、梭魚與螃蟹

合夥辦事的人如果不和衷共濟，
什麼人的計畫都是要失敗的，
不但沒有什麼利益，並且還留著煩惱。

一隻天鵝，一條梭魚和一隻螃蟹，有一次
他們會聚在一處，想拉動一輛載著東西的車；
但是他們開始拉了，
他們拉得出汗，他們拉得精疲力竭，但是車子還是站住不動；
究竟缺乏了什麼？
車上所載的東西並不見得重；
雖然天鵝是向雲端飛去，梭魚卻是躍入水裡的，螃蟹又是橫著爬行。

現在，哪一個是對的，哪一個是錯的，我們且不管他，只是車還是安安穩穩的站在那裡不動啊。

——俄國克魯洛夫著，鄭振鐸譯

箱子

這是常有的事：

我們絞壞了腦筋，受盡了苦楚而不能做的事，其實只要想一想，用那最簡單的方法就可以成功。

一個新做好的箱子，買主把它帶回家來，看見它的人都說道：「這是很好的東西！」

卻沒有一個人稱讚他是極堅固，極完善的。

有一個著名的鎖匠，走進屋來；他只想了一想，就立誓以為這個箱子是用祕密的彈簧的，「正是，我十分知道這一類的事；呵，你們微笑而疑惑，但是立刻我就可以把祕密找出。」

他把箱子拿在手裡，一遍一遍的轉來轉去，一直到手臂酸了，頭痛了，全身都疲倦了。

用了指甲試驗，只不曾把它溶化了。

當時，看的人開始笑了，耳語道：最好還是不要再試驗了。

他不肯，他心跳著，氣喘著，嘴裡嚷著：

「不在那裡，不是這樣，不在這裡。」

他出汗了，還是再三的試驗；最後他疲倦了，箱子還是緊合著；他只好不試驗了，這是他能力所不及的。

然而這箱蓋是只要什麼人願意開，立刻就可以開的。

——克魯洛夫（I. Krylóv 一七六三—一八四四）

俄國著名寓言文學家；他的名兒在每個俄國人的嘴唇上，猶之荷馬的名兒在每個希臘人的嘴上一樣。（鄭振鐸）

獨立之樹葉

有些樹葉，帶著非常堅強的柄子，掛在一條樹枝上，它們覺得生活非常沉悶。這是很不快樂的——它們能看見鳥飛著，小貓們到處的跑著；就是天上的雲也浮駛著——而它們卻靜靜地住在樹枝上。

它們搖來搖去，想從葉柄上裂下，得了自由。

它們互相說道：

「我們能夠獨立生活了。我們很大了。但是在這裡我們卻受著保護，固著在這老笨的樹枝上。」

他們搖來搖去，最後，竟得了自由。他們墜到地上，枯黃了。園丁走來，把他們和塵土一塊兒掃去。

——俄國 Sologub 著，鄭振鐸譯

鎖鑰

一把百合鑰對她的鄰居說：

「我到處的走，但是你卻常住在家裡，你心裡想些什麼？」

古老的鎖鑰不願意回答她，只是說道：

「有一扇堅固的橡木的門。我鎖了它，時候一到，我又把它開了。」

「是的，」百合鑰說：「但是世界上的門不是有許許多多麼？」

「我不要知道別的什麼門，」那把鎖鑰說：「我不能把它們開開。」

「你不能？但是我卻什麼門都能開！」

於是百合鑰自思道：「如果這把鎖鑰只能開開一扇門，他真是傻子。」但是那把鎖鑰卻答她道：「你是一把做賊的人用的百合鑰，但是我卻是一把忠實厚道的門鑰。」這句話，百合鑰不明白他的意思。她不知道什麼是忠實厚道，她想：那把門鑰老了，老得連心思也糊塗了。

——俄國 Sologub 著，鄭振鐸譯

平等

大魚追住一條小魚，想把它吞下去。小魚叫道：

「這是不公平的。我也是要生存的。一切魚類在法律上都是平等的。」

大魚答道：

「什麼？我不願意辯論我們是不是平等，但是你如果不願意我吃了你，那麼如果你能夠，請你把我吞下去——吞了我，不要害怕，我並不煽惑你。」

小魚張開嘴，動來動去，想把大魚吞了下去，到了後來，嘆口氣，說道：

「你勝了。吞了我吧。」

——俄國 Sologub 著，鄭振鐸譯

芳名

一個農夫的少女生病在她的床上。上帝在天上喚一個天使到他旁邊，命她到地上去，在這個少女面前跳舞，使她快樂。但這個天使卻想著，在地上的人面前跳舞，與她的身份是不相稱的。

上帝知道這個天使的驕傲的思想，就給她一種懲罰。她出生在人世上，成了一個小孩——一個皇家的公主——她忘了一切在天上所知道的東西，與她以前的生活，甚至也忘了她自己的名字。

這位天使原有一個純潔芬芳的名字，地上的人是不知道這種名字的。所以當她成了一位塵世上的公主時，她只有一個人類的名字，稱為瑪格勒特公主。

這位小公主長成時，她常常的覺得她似乎想要記起以前曾經知道的事情，但她卻不能想起究竟是什麼東西，因為她記憶不起來，所以她變成不快活了。

有一天，她問她父親道：

「我們為什麼不能聽見日光？」

那位皇帝聽了這個問題，只是微笑，但他卻不能夠回答她，小公主覺得非常悲傷。

又有一天，她問她母親道：

「玫瑰花開著很香，我怎麼不能看見它的香氣呢！」

她母親笑她這個奇怪的問題，公主覺得比以前更憂愁了。過了些時候，她到她乳母那裡，問道：

「許多名字怎麼都不能聞之而芬芳呢？」

老乳母只是向她笑，於是公主又悲傷起來，因為沒有一個人能夠問答她這些問題。於是國內到處傳言，以為皇帝的女兒同常人有異，她的心靈是衰弱的。每個人都想試用一種方法來醫治她，使她復原。

她是一個沉默而悲哀的孩子，常常問人家奇怪的、非常的問題。她瘦小而且臉色青白，沒有人以她為美麗，但是她卻漸漸的長大了。最後她的結婚期到了。許多少年皇子到她父親的宮中，向她求婚，但當她開始同他們談話時，沒有一個人願意娶她做妻子。最後，一個名叫馬克昔米蘭（Maximilian）的皇子到了，公主看見他時，對他說道：

「在我們人類裡，每件東西似乎都同別的東西分開——我只能聽見言語，我不能嗅到它們：我雖能看見花朵，聞著它們的芬芳，然而我卻不能聽見它們。如此竟使人生沉悶而且無趣了，你想對不對？」

「什麼能使你的生活更為美麗呢？」馬克昔米蘭說道。

公主沉默了一會兒，但她最後說道：「如果有一個聞之而芬芳的名字，我是非常喜歡的。」

他說道：「是的，美麗的公主，瑪格勒特這種名字於你不大相稱。你應該有一個芬芳的名字，但在世界上卻沒有這種名字。」於是這個可憐的小公主悲哀的哭了，馬克昔米蘭覺得非常的替她憂愁，他愛她，比在全世界上的無論什麼人都甚些。他想安慰她，說道：「不要哭，親愛的公主。如果有這種名字，我一定要想法子找它們出來，來告訴你。」

公主淚珠滿眼的微笑了一下，說道：「如果你能替我找到一個名字，說出來就會發出香氣來的，那麼，我就要與你的馬鐙接吻。」她說這句話時，她的臉羞紅了，因為她是一個公主，是非常驕貴的。

馬克昔米蘭聽了這句話，更顯得勇敢了，說道：「那個時候，你願意做我的妻子麼？」公主答應道，她願意。

於是馬克昔米蘭離了這個地方，走遍全世界去找一個名字，說起來就會發出香氣，把空氣都熏香了。他旅行到很遠的地方去，問了許多富的人，窮的人，有學問的人和笨的人，但是每個人卻都笑他這個問題，告訴他道，他是奉了一個愚笨的使命了。最後，經過了長期的旅行，他又到公主住的那個城裡去了。在這個城外面，有一間農舍，一個白髮的老人站在門口，馬克昔米蘭一看見他，便心下想道：「這個老人，也許知道的。」於是跑上去。告訴他要問的問題，並且說他怎樣的去找一個聞之芬香的名字。

老人很快活的抬頭一看，立刻答道，「是的，是的，有這樣的一個名字——它是一個神聖的靈感的名字。我自己不知道這個名字，但是我的小孫女聽見過它。」

於是馬克昔米蘭同著老人一塊兒走進破屋，他看見有一個小農女臥病在床上。老人走到她身邊，說道：「杜妮亞（Doonia），這裡有一個貴人，他要知道你以前告訴過我的那個聖名：你還能記住，告訴他麼？」

小女兒很快活的看著馬克昔米蘭，向他很溫柔的微笑了一下，但她卻不能記起那個奇怪的名字。她告訴皇子道，在一個夢中，看見一位天使到她那裡，在她面前跳舞，她凝神看著天使時，她看見她的衣服是有許多顏色的，好像一個柔和的天上的虹霓一樣。過了一會，天使問她談話，並且告訴她說，不久的時候，別一位天使就要到她那裡來看她，穿著比她所看見的更美麗的彩衣，在她面前跳舞。她告訴她這位天使的名字，當她聽見了這個名字時，她聞到一股清洌的香味，所有空氣中都充滿了一種芬芳之氣。「但是現在，」這個孩子說道：「我記不起來這個奇異的名字了，然而我一想起它，還能夠使我快樂。只要我能夠記住它，我自己把它說出來，我想，我的病一定會好了。但是那位天使不久就要來了，來的時候，我會記起這個名字的。」

馬克昔米蘭走到皇宮裡去，告訴公主所有他所遇見的事，她就同他一塊兒到那間農舍裡去，去看望那個生病的女孩子。她一看見她，她心裡便滿替她可憐，坐在她身旁，很愛護她，想欲做些使她快樂，使她忘了她的痛苦的事。

慢慢的，她立了起來，開始在這個生病的孩子面前跳舞，兩隻手拍著，嘴裡唱著。這個小孩子定睛看著公主時，她看見所有各種的可愛的顏色，聽見許多美麗的歌聲。她覺得非常快活，快活得高聲大笑。忽然她記起了那位天使的名字，大聲的說出來。全房間裡充滿著一股如鮮花所發出一樣的香味。

於是公主記起了所以一切她所要的追憶的東西了，她知道她所尋求的芳名就是她自己的天上的名字，她記起了她所以被降生在世間的原故。

小農女不久就痊癒了，公主也同馬克昔米蘭結婚，同他很快活的一塊兒住在世上，一直到了她應該歸到她的天宮——上帝的永久的王國——時為止。

——俄國梭羅古勃（Sologub）著，鄭振鐸譯

飛翼

一個做長工者的女兒喂著鵝，忽然哭了。小農的女兒走過去，問她道：「你為什麼痛哭呢？」

「我要長翼，」做長工者的女兒哭道：「唉，我願意我能長些翼子出來。」

小農的女兒說道：「你愚人！你自然是不能得到翼子的。你要翼子什麼用呢？」

「我要飛在天空，在天空唱我的小歌，」做長工者的小女答道。

於是小農的女兒發怒了，她說道：「你愚人！你怎麼配去想長翼呢？你的父親不過是一個做長工的。翼子是要長在我身上，不是長在你身上的。」

小農的女兒說完了話，就走到井邊，瀝幾點水在她的臂上，立在園裡菜葉當中，等著她的翼膀的長出。她很相信太陽不久就可以把翼子帶出來了。

但是過了一會，一個商人的女兒沿著那條路走來，向著站在園中想要長翼的女兒喚道：「你站在外面做什麼，紅臉的？」

小農的女兒說道：「我在長翼。我想飛翔。」

於是商人的女兒高聲的笑起來，叫道：「你愚笨的農女。如果你有了翼膀，他們不過使你背上加些擔負罷了。」

商人的女兒想：她知道誰是最會長翼的。當她回到她所住的鎮上時，她買了一些橄欖油擦在她的臂上，走到園中去，等著她的翼膀的長出。

不久有一位宮中的少婦沿路走來，對她說道：「你跑出到園裡去做什麼，我的孩子？」

當商人的女兒告訴她說她在長翼的時候，這位貴婦的臉紅了，她看見非常著惱似的。「那不是你做的事，」她說道：「只有真正的貴婦人才能長翼。」

她走回家去，進門後，就倒滿一浴盆的牛乳，在裡面洗浴，然後走進她的花園中，立在太陽底下，等著她的翼膀的長出。

不久一位公主經過這個花園，當她看見這位少婦站在那裡，她就差一個宮女問她在那裡做什麼？宮女回來告訴她說：因為那位少婦想著飛翔，所以她在牛乳中洗了一回浴，等著翼膀的長出。

公主很輕蔑的笑了出來，叫道：「真是一個呆孩子！她攪亂自己，結果會得到什麼，無論什麼人，如果她不是公主，她是永遠不會長翼的。」

公主在她心裡把這件事想了一回，當她到了她父親的皇宮裡時，她走進她自己的屋裡，用香料塗抹她自己，然後走進御苑，等著她的翼膀的長出。

不久的時候，所有國中的各處的少女，都走到她們的花園，立在菜葉當中，以為如此，她們便可以長翼。

翼神聽見了這個奇怪的事情，她飛到地球上來，看著那些等待著的女兒，她說道：「如果我全給你們翼膀，讓你們全在天上飛翔，那麼什麼人願意留在家裡煮粥看管孩子呢？我最好只把翼膀給你們中間的一個，就是給她，最初那個要它們的。」

於是翼膀從做長工者的小女臂上長出來，她能夠飛在天空唱歌了。

——俄國梭羅古勃（Sologub）著，鄭振鐸譯

縫針

有一隻縫衣服的針，她自己以為是一根很細的繡花針。

當手指把她拿出來的時候，她對手指說道：「看呀！你手上拿的是什麼東西！不要把我丟掉了！如果把我丟掉了，你一定不能再找著我了，因為我是很細的。」

手指握住她的腰說道：「也許會這樣。」

縫針說道：「看呀，我和我的傭人一塊兒來了。」她就穿了一根很長的線，但是這線上一個結也沒有。

手指把針刺進廚子穿的皮鞋裂縫裡，要她縫好了傷痕。

縫針說道：「這是很粗的工作。我不能夠穿過，我要斷了，我要斷了！」實在的，她說完話，就斷成兩截，她又說道：「是不是呢，我曾經告訴你了，我是很細的！」

手指想：「現在她是無用了。」但是他們還不得不把她握得緊緊的，因為那廚子又把火漆滴在這根針上，拿她來把手巾針在胸前。

縫針說道：「我現在是一根胸針了，我早就知道我是要顯耀的。一個人有什麼資格，便會達到什麼地位的！」

於是她暗暗的笑著，——一根縫針在笑著，我們是不能看出來的。她坐在胸前，好不驕傲，好像是坐在大馬車裡，四面顧盼著。

她向她鄰居襟針問道：「我可以不可以請教你，你是不是金的呢？你的外表是很美觀，並且有一個特別的頭，不過你的頭是很小的。你一定要耐著痛苦，讓它長大起來，因為不一定每個人都會有火漆滴在身上的。」

於是縫針很驕傲地拔起她自己，竟使她從手巾上一直跌到溝渠裡去。廚子這時正在溝裡洗衣服。

縫針說道：「現在我們是在旅行了。——但願我不要迷路呀！」

但她實在是迷路了。

當她躺在溝中的時候，她說：「我在這個世界裡實在是太細小了，但是我知道我是誰，我知道我自己的價值！」

所以縫針依舊保持她的驕態，並不喪失志氣。各種東西都流過她的上面，有樹葉子，有草根，有舊的新聞紙等等。

縫針說道：「我看看他們怎樣流過去呀！他們也不知道有什麼東西在他們下面！我在這裡，我很穩固的留在這裡。看呀，那兒有一片樹葉流過來了，他想除了這一片樹葉，世界上是再沒有別的東西了！現在這兒有許多草根旋轉著流了過來！你不要只想著你自己，你很容易碰上石頭的。這兒也有許多新聞紙浮在水上。寫在新聞紙上的東西早已被人忘記了，而他還是很有神氣的。我坐在這兒很靜的，並且很忍耐的，我知道我是誰，我要保持自己的身分。」

一天，有一件光彩煊耀的東西，躺在她旁邊，縫針以為他是一塊鑽石；其實不過是破瓶子的碎片，因為他會發光，所以縫針介紹自己和這碎玻璃片說話，她自稱是一根襟針。她說道：「我想你是一塊鑽石吧？」

「唔，是的，是這一類的東西。」

後來他們心裡都以為和她講話的是很寶貴的東西，他們開始談到世界上的事情，他們以為世界是非常尊貴的。

縫針說道：「我曾經躺在一個小姐的針線盒子裡，這小姐是一個廚子，她的每隻手都有五個手指，我從來沒有看見像那五個手指那樣驕傲的。她不過時時把我從盒子拿出來，又把我放進去。」

碎玻璃問道：「他們門弟很高麼？」

縫針說道：「什麼呀！不。他們的門弟一點都不高，但是他們卻是很驕傲的。他們五兄弟都是手指族裡的。他們很驕傲的聚在一起，雖然他們是生得高低不齊。在前的一個大姆指，是又短又粗的；他在他們中是最前的，他只有一個節，他只能屈一屈；但是他說，如果人家把他折斷了，這個人便不適宜於打仗了。第二隻小指是食指，他插入甜及酸中，指點太陽和月亮，也是人拿筆寫字當中的一個。第三個叫中指，比別一個都高些。第四個是戴戒子的。頂小的一個是一點都沒有用處，然而他是頂驕傲的。他們都常常的自誇著，所以我離開了他們。」

碎玻璃說道：「我們現在躺在這兒發光！」

正在這個時候，一陣水流到溝裡來，把碎玻璃沖去了。

縫針說道：「哎喲！他是受人提拔了。我仍舊留在這兒，我是太細小了。但那正是我的榮耀，我的驕貴處。」她便很驕傲的坐在那裡。想起許多事情。「我幾乎相信我是從一線日光裡生產出來的，我是這樣的細小！竟使我母親都找不到我了。如果我的眼睛沒有碎，那麼我便要哭了；但是我不能哭，哭是不雅觀的事。」

有一天，有兩個頑童，在溝中尋找東西，他們有時候找出來舊釘，小錢，以及其他同類的東西。這是很齷齪的事，但是他們卻很喜歡的做的。

他們當中有一個，拿了縫針說道：「這兒有一件很好的東西。」

縫針說道：「我不是一件東西，我是一個年輕的小姐。」

但是沒有一個人聽她的話，火漆已經脫離了，她的身體變了黑的。黑的顏色使人更覺得好看，所以她想，她比以前是更美麗細小了。

小孩子們說道：「這兒有一個蛋殼流過去！」他們就把縫針插在蛋殼裡。縫針說道：「牆是白的。我自己是黑的！看起來格外美觀。現在我可以給人家看見得很清楚了。只怕自己會暈船。」但是她竟毫不暈船。「如果一個人的胃是鐵的，他是能夠抵抗暈船病的，不要忘了，我是超於平常人的！現在，我不暈船了。一個人愈是細小，他愈能忍受痛苦。」

蛋殼格擦一聲碎了，因為貨車在他上面走過。

縫針說道：「他是怎麼的壓人呀！現在我是暈船了。我是很暈了！」但她實在沒有暈，雖然一輛車子在她身上壓過，她依舊無恙的躺在那裡，也許她便要很久很久的這樣躺著了。

安徒生（Hans Christian Andersen）是丹麥的小說家，詩人，及童話作家。他生於一八〇五年四月二日。他的家庭是很窮苦的。他少時在一個慈善學校裡讀書。到了九歲的時候，他便離開學校，到了一個工廠裡去做工，得些工資，以幫助他的寡母。他在暇時，讀了許多詩歌、戲劇，自己也做了好幾篇悲劇。一八一九年時，他夾了他的著作，跑到庫平哈京（Copenhagen）去，立志想進劇場，但是他們拒絕他進去。他很困苦的過了些時候，後來幸得遇到幾個朋友幫助他，使他得入官立學校。不久，他便以詩歌著名於著作界。他的詩歌共出了兩冊。一八三三年，他得了政府的資助，到歐洲各國去旅行。這一次的經歷，使他做了好幾部書。最著名的是「The Improvisatore」（一八三五年）此書出版後安徒生的名字便從本國而流播到歐洲各國去。以後，他還出版了許多部小說，「O. T.」是描寫丹麥的景色的，「Only a Fiddler」是敘述他早年的窮苦的情況的。一八三五年，他出版童話第一集，他的名字立刻使全國以至全歐洲的兒童都能說得出。以後每年當耶誕節時，他都繼續的出版一部童話集。這些童話集幾乎被翻譯成世界一切的文字。世界上的許多兒童，幾乎沒有不喜歡讀他的童話的。他的別的著作，如劇本之類，還有許多，但總沒有他的童話那樣的著名；現在我們一提起安徒生這個名字，許多人都立刻聯想起童話作家這個名詞。一八四五年，政府給他以年金。一八五三年，他的自敘傳我的生平（My Life's Romance）出版。後來又加增訂。一八七五年八月四日，他得病而卒。這時，他的重要著作，差不多已傳遍歐洲了。

這篇《縫針》是安徒生所著童話裡的很短的一篇。他的詞意，很像俄國梭羅古勃（Sologub）做的「石頭的經歷」。我很喜歡他，所以便請君箴把它譯出。大概他的童話，都是奇幻而富於興趣，而所含的意思又是很深沉的；兒童固然讀之而喜，而同時卻也可以使老人讀之而深思。（西諦）

——丹麥安徒生著，高君箴譯

天鵝

有一處很遠的地方，當我們的冬天來了，燕子便飛到那裡去的地方，住有一個皇帝，他有十一個兒子，和一個名叫伊利沙的女兒。十一個皇子上學的時候，胸前都掛了許多寶星，身邊都帶了一把利劍。他們都用鑽石的筆，在金石版上寫字，他們用記憶力來背書，如對書讀著一樣。人人都知道他們是皇子。他們的妹妹伊利沙，則坐在一張金子做的小凳子上，她有一本圖畫，這本圖畫的價值，值得半個國家。唉，他們現在的境況是很好，但是事情不能永久的這樣順利。

他們的母親死了，他們的父親續娶了一個凶惡的皇后，她一點都不愛這些可憐的小孩子。他們在他們父母結婚的當天，就已覺察出來，皇宮裡開了一個很盛大的宴會，小孩子們也戲裝了客人，本來他們有餅餌和蘋果吃，但是皇后卻把沙土放在茶杯中給他們，還要他們相信那是很好的東西。

第二個禮拜，皇后便把了伊利沙寄宿在鄉間的一個農夫的家裡去，又對皇帝說了皇子們許多的壞話。說得皇帝不肯再理會皇子們了。

凶惡的皇后便說道：「飛出去，找你們自己的生活，如大鳥一般，沒有聲音的飛出去。」但是她還不能如她心願的陷害他們，因為他們竟變成了十一隻很可愛的天鵝。他們很奇怪的叫了一聲，從宮殿的窗中飛出去，經過御苑而一直飛到森林中去。

當他們到經過他們的小妹妹伊利沙所睡的農夫家的地方的時候，正在極早的清晨。他們在屋頂上翱翔著，伸出他們的長頸，拍拍他們的兩翼；但是沒有一個人看見或聽見他們，他們又飛開去，飛到很高的雲中，到廣闊的世界裡去；最後飛進一座很黑暗的森林裡，這座森林直伸布到海邊。

可憐的伊利沙站在農夫家裡，手拿一張綠葉在玩，因為她沒有別的玩的東西，她把綠葉刺了一個洞，就從洞中望著太陽，在她看起來，似乎看見她的哥哥們的晶瑩的眼睛一般。每次當太陽照著她的臉上的時候，她就想到她的哥哥們的接吻。

一天一天的過去。當風吹過屋外的玫瑰花造成的籬笆上時，好像輕輕道：「伊利沙。」當老婦人在星期日坐在她的門口讀讚美詩的時候，風又吹卷書頁，對那本書說道：「誰能比你更敬神呢？」書便答道：「伊利沙。」玫瑰花和書所說的話都是真的。

當伊利沙十五歲的時候，她回到皇宮裡去。皇后看見她那樣的美麗，心中竟充滿了毒意和妒忌。她想把她也變了天鵝，和她的哥哥一般，但是她不敢立刻這樣做，因為皇帝想看見他的女兒。

清晨的時候，皇后走進雲石築成的浴室裡去，室裡擺了許多輕柔的墊褥，和很美麗的圍屏；她捉了三隻青蛙同它們接吻，然後對第一個說道：「當伊利沙來沐浴的時候，你須坐在她的頭上，她便會和你一樣的愚笨了。」她又對第二隻青蛙說道：「你坐在她的前額，她便會變成和你一樣的醜惡，她的父親便不能認識她了。」她又輕輕的對第三隻說道：「你睡在她的胸前，她便會變成一個惡心腸的人，因此受苦受難。」

然後，她把三隻青蛙放在清潔的水裡去，這水立刻變了青的顏色，又把伊利沙叫來，替她脫了衣服，讓她走到水裡去。

當伊利沙坐下的時候，第一隻青蛙坐在她的頭上，第二隻青蛙坐在她的前額，第三隻青蛙蹲在她的胸前。但她一點都不覺得，當她站起來的時候，水面上浮了三朵罌粟花。如果這些東西，沒受著毒，如果那女巫沒有同它們接過吻，它們是會變成玫瑰花的，但無論如何，它們已經變成花了，因為它們曾蹲在伊利沙的頭和前額和胸上過。她是一個很好的無辜的女孩子，所以巫術在她身上不會發生效力的。

惡很的皇后看見她仍舊很好，就把胡桃汁摩擦伊利沙的臉，所以她臉變了棕黑色。又把很臭的藥塗在她的臉上，又把她很美麗的頭髮都弄亂了。現在誰都不認識她是伊利沙了。

當她父親看見她，著實的吃了一驚，說道：「這不是我的女兒。」只有守夜的狗和燕子還認識她，但它們都是可憐的小動物，不會說話的。

可憐的伊利沙就大哭起來，想著她已經走開的十一個哥哥。她很憂愁的從皇宮裡偷跑了出來，經過田野和荒地，走進了一座很廣大的森林裡去。她不知道她要到什麼地方去，她心裡很愁，想著她的哥哥們。她想他們一定也和她一樣，被趕出宮外，她要跑去尋找他們。

她進了森林不久，天色就黑了，她迷失了道路。於是就躺在柔的青苔上，念她的晚禱，把頭斜倚著斷樹的樹根上。四圍靜悄悄的，空氣很溫和，有幾百個火瑩，在草和青苔上，發出像藍色的火光一樣的光明，她的手輕觸在小樹枝上一下，這些熠閃的火瑩便如許多的明星一樣落了下來。

她做了一夜的夢，盡是夢見她的哥哥們。他們仍如小孩子的時候一樣，在一起遊戲，用鑽石的筆在金石版上寫字，看著那美麗的值得半個皇國的圖畫。但是在石版上所寫的字，已不是像從前一樣的圈和直線，而是他們所做的許多勇敢的事情，以及他們所看見的和所經歷的事情。一切東西都變了活的，鳥唱歌著，許多人都從書中跑了出來，和伊利沙及他們兄弟們說話。但當書頁翻過去的時候，他們又跳回原位，不使圖畫變混亂了。

當她醒的時候，太陽已經升得很高。她不能看見太陽，因為有樹枝遮在她的頭頂上。但是太陽的光，和金紗一般的搖著，許多花草都發出香來，小鳥也幾乎飛棲在她的肩上。她又聽見流水潺潺的聲音，這聲音是許多泉水流入清池裡的聲音，這池有很美麗的沙底。它的四周，圍了許多濃密的樹，只有一個地方被鹿開闢了一方空地，伊利沙就由這處跑到水邊。池水清澄無比，如果風不把樹枝吹動，大家一定會以為這些樹枝是畫在湖底上的，每張綠葉無個在太陽中或在陰影中的，都能在水面清清楚楚的照出。

伊利沙在水中照見她自己的臉，吃了一驚，她的臉竟變了如此的醜，如此的棕黃；但當她把手弄濕了，用手去摩擦她自己的眼睛和前額時，她的皮膚復變成白的了。然後她脫下衣服，走進清水中，在全世界中，沒有一個人能夠勝過這個女公主那樣美麗的。當她穿好衣服，辮好長髮的時候，她走到淙淙流湧的泉邊，用手掌掬了些水喝，然後又跑進這座森林裡，她自己無目的的走去。她想起她的親愛的哥哥們，想起慈悲的救主一定不會忘了她的；他使野生的蘋果生得很豐盛，給她充饑，又指點給她這一棵的樹，樹枝上滿綴著果實，竟至受重而彎了下來。她在這個地方吃她的午餐，飯後就跑進林中的最黑暗的一部分去。那兒是異常的沉靜，她能夠聽見她的足聲。落葉在她的足下沙沙的作響，一隻鳥也沒有看見，一線光也不能照進去；高長的樹幹密密的立著，當她向前面看的時候，好像是密密的木柵圍住了她，唉！這裡的寂靜真是以前所永不知道的！

夜裡很黑，青苔上連一隻火螢也沒有。她很憂愁的躺下去睡。後來她好像在她頭上的樹枝分裂開來，上帝用著很慈善的眼睛看著她，天使們也從上帝的頭上和兩臂下面向外窺望。

到第二天時，她不知道這是真的事或是做夢。

她向前走了幾步，然後她遇見了一個老婦人，手裡拿著一隻籃子，籃子裡裝滿了櫻桃，老婦人把櫻桃給她一點。伊利沙問她有沒有看見十一個皇子騎馬走過

Eliza asked her if she had not seen eleven princes riding through the forest.

這座森林。

老婦人答道：「沒有，但是我昨天看見十一隻天鵝在這裡左近的河裡游泳著，頭上都戴著金冠。」

她領著伊利沙向前走了幾步，到一個斜坡上，坡的下面有一條小河流過。河邊的樹伸出它的長枝互相接觸著，在自然不許它們生長在一處的地方，樹根在地下裂了出來，和樹枝混在一起，掛在水面上。

伊利沙對老婦人說了一聲再會，便沿著小河，走到這條河水流到一個空闊的大海的地方。

全個奇異的海，橫在伊利沙的面前，海中沒有一隻船，連舢板也不見一隻。她怎麼能向前走呢？她看見海中有無數的石子，海水已經把它們都沖得圓了。雖然海水比她美麗的手還要柔軟，然竟能把玻璃、鐵、石塊，以及別的東西都也要式樣。她自語道：「海水不倦不息的起伏著，堅硬的東西都被它沖圓，我的心告訴如你一般的不倦不息，我感謝你這樣的教訓我，你親愛的洶湧[illegible]我說，你有一天會把我帶到親愛的哥哥們那兒去。」

有些海藻被海水沖到岸上來，在它們上面，放著十一根白天鵝的羽毛，她把它們編成了一個球。羽毛上面有幾點水，誰也不知道這幾點水到底是露水還是眼淚。海岸上是很冷靜的，但是她一點都不在意，因為海上的氣象，瞬息千變，它們在幾點鐘內所變的樣子，比之淡水湖在一年之內還多些。如果黑雲來了，海便好像在說，我也能生氣的。於是風吹過來，波浪便戴上了白帽子。但當雲上閃耀著紅色，風也睡著的時候，海水更像一張玫瑰花葉，有時是綠色，有時是白色，無論它是如何的平靜，仍然是還有些波浪，輕輕的起伏著，如睡著的小孩子的胸一樣。

當太陽將落山的時候，伊利沙看見十一隻白天鵝頭上戴著冠冕，飛到陸地上來；他們一個一個的排成一行，看起來好像一條長的白帶子。於是伊利沙爬上斜坡，把她自己藏在樹林當中。天鵝飛在她的近旁，拍拍他們的大的白翅膀。

當太陽落下水面不能看見的時候，天鵝的羽毛便脫下來，十一個王子站在那兒，他們就是伊利沙的哥哥們。她就大聲歡呼起來，因為他們樣子雖然有許多變換，但是她知道並且覺得一定是她的哥哥們。她投入他們臂間呼喚他們的名字。王子們也非常快活，當他們再看見他們的小妹妹的時候，雖然她長得比以前高，比以前美麗，但他們仍能認識她。他們又笑又叫，他們立刻知道他們的晚娘對於他們所做的事，是如何的殘酷。

大哥哥說道：「我們兄弟們當太陽在天的時候，便變成天鵝在空中飛著，但是當太陽落下去，我們便又回復人形了。所以我們必須常常當心，使我們在太陽落下的時候，有一個休息的地方；因為如果我們還要飛在雲中，在那個時候便如平常人一樣落在海中去了。我們並不住在這裡。在海的對岸有一個城，城的繁花和這邊一樣，但是離得很遠。我們一定要飛過這個大海，並且所經過的地方又沒有一個島嶼，可以給我們過夜，僅在海的中央，有一塊很小的石頭，這塊石頭的大小，僅夠給我們幾個緊擠著的歇著。如果波浪很高，水花便能濺過我們頭上，但是我們要感謝上帝給我們這塊石頭。在這兒，我們回復人形過了一夜，如果沒有這塊石頭，我們便永遠不能回到我們可愛的祖國來了。我們需要一年當中兩個最長的日子做這個旅行。每年中僅有一次許我們去看我們的家。我們住在這裡一天，在大森林上飛著，在這裡能夠看見我們在那裡生長的和父親住的皇宮，及那個高的禮拜堂的塔，那兒是我們母親葬的地方。這裡樹林在我們看起來似乎和我們都是親戚，這裡有許多野馬躍跳過這個平原，如我們做小孩子的時候所見的；燒炭的人唱他的古曲，我們跟隨了他的歌聲，如小孩子似的跳舞著；這裡是我們的祖國；我們覺得自己落在這裡，我們又在這裡看見我們親愛的小妹妹。我們只能夠住在這裡兩天，以後我們便要飛過這個海到一個可愛的而不是我們自己的國裡去，但是我們怎樣能帶你一塊去呢？因為我們既沒有航船，又沒有舢板。」

妹妹問道：「我怎樣能夠救你們呢？」他們談了一夜的話，只睡了幾個鐘頭。

她給她頭上天鵝拍翼的聲音驚醒了。她的哥哥們又幻變了，他們圍成一個很大的圈，到後來就飛遠了。但是他們中的一個，最小的哥哥，卻留在後頭，他把他的頭放在她的膝上，她把他的翅膀理得光順，他們全天在一塊。黃昏的時候別的天鵝都飛回來，當太陽下山的時候，他們又變了他們的原形立在那兒。

「明天我們要離開這裡了，非過了一年不能再回來。但是我們怎麼能這樣的留你在這裡呢！你敢同我們一塊去嗎？」我的手臂的強壯，在這裡樹林裡，足以提起你來。我們全體的翅膀的力量難道不足以帶你經過這個海嗎？

伊利沙回答道：「是的，帶我和你們一塊去吧。」

他們費了一晚工夫，用很柔軟的楊柳樹皮和很堅固的蘆葦，做了一個很大很堅固的網。伊利沙就躺在裡頭，當太陽上來的時候，她的哥哥們又變成天鵝，他們用嘴銜住了網，帶了他們的妹妹飛去，飛到很高的雲中，她這時還睡著。太陽的光正照在她的頭上，於是有一隻鵝在她的頭上，用它的大翅膀來蔭遮她。

當伊利沙醒的時候，他們離開海岸已經很遠了，她以為她仍是在做夢，被帶到很高的雲中飛渡過海，在她看來，是如何奇異的事呀。她的身旁放有一枝可愛的櫻桃，和一把很甜的樹根。這是她的最小的哥哥採來給她吃的。她對他很感激的笑笑，因為她認識他；飛在她的頭上，把翅膀去遮蔽她的，也就是他。

他們飛得很高，他們所看見的第一隻船在下面，竟如一隻白的海鷗浮在水面。一片很大的雲，在她們後頭——它是一座完全的山；在它上面，伊利沙可以看見她自己的和十一隻天鵝的蚊子他們愈向前飛去，他們的影愈變愈大，這是一張很美麗的圖畫，她從未見過的。但當太陽愈升愈高的時候，雲離開他們很遠了，浮泛著的影像也就消滅不見了。

他們全日都在空中飛著，好像旋轉的箭，但他們飛得比以前慢，因為他們帶了他們的妹妹。空氣震動著，黃昏近了，伊利沙看著夕陽，心裡非常焦急，因為海中的那塊孤石尚不能看見。她似乎覺得天鵝們的翼膀更用力的拍擊著空氣。唉！他們不能飛得快乃是她的過失。當太陽落山的時候，他們必定要回復人形而墜溺在海中了。於是她從心的深處，祈禱了一回，但她仍舊看不見石塊。黑雲飛近了，大風起了，宣告一個大雷雨的將來，雲好像一個大的驚人的波濤，向前轉動，沉重如鉛，電光一閃一閃的。

現在太陽到了水邊了。伊利沙的心裡震顫著。後來天鵝們衝了下來，衝落得這樣快，她以為他們是落下水了，但他們仍舊是飛著。太陽只有半個露出在水面了。現在她第一次看見在她下面的小石塊了，它看來沒有一塊印記的大小，它的頭聳出水面。太陽沉沒得非常快。最後它僅如一粒星了，那時她的足也觸著實地了。太陽消滅了，如一片燃燒了的紙的最後的火點；她的兄弟們圍著她立著，臂連著臂，但是個地方僅能容他們的足，別無一絲餘地。海水沖擊那塊岩石，如一陣大雨似的，在他們上面沖過去；天上閃爍著永久的明耀的火光，雷一聲聲的辟拍的響著，但是妹妹和她的哥哥們手牽著手，唱一首讚美詩，這詩能給他們以安慰與勇氣。

黎明的時候，空氣清潔而且和平，當太陽上來的時候，天鵝帶了伊利沙從島石飛向前去。海水仍然洶湧著，當他們飛到空中，下望白的浪沫在黑色與碧色海上，如千百萬的海鷗浮泛在水面。

當太陽長得更高的時候，伊利沙看見前面有一個山國半浮在空中，山峰上堆著閃耀的冰塊。一所城堡聳起於群峰中，望過去有一里多長。在山上有許多隊伍，在山底有許多松樹和很大的花，差不多像磨子的轉盤大。她問他們，那個是否就是他們要到那裡去的地方，但是天鵝們都搖搖頭，因為這不過是美麗的蜃樓海市，進去就不會生還的。伊利沙注目看它，山，樹林，和城寨都倒了，又有二十個同樣的很高的禮拜堂，帶著尖樓和突出的窗，站在他們的面前，她想：她還聽見風琴的聲音，實則不過是海的聲音。當她快飛近禮拜堂時候，它們又變了一隻軍艦在她下面駛著，但當她朝下看的時候，卻又不過是一團霧在水面。如此的變幻無窮，直到她看見了他們所要找的正確的陸地。可愛的青山聳出地面，山中有許多的柏樹，城堡，和皇宮。在太陽未落山以前，她已坐在一個大洞口的一塊石頭上，洞口滿生著綠的葡萄樹，好像繡花的地毯。

最小的哥哥說道：「現在我們要看你今天晚上做的什麼夢。」他就把她的寢室指示給她看。

她說：「我盼望我能夠夢到救你們的方法。」

這個思想在她的心裡洶湧著，她祈禱得非常懇切，求上帝的幫助，她雖然睡了還在那裡祈禱。後來她好像自己飛得很高，飛到莫格拉皇宮，一個仙人出來迎接她，那仙人是很美麗的，並且滿面春風；但是那仙人卻很像那位在森林中給她櫻桃並且告訴她十一個頭上帶著金冠的天鵝的事的老婦人。

她說道：「你的哥哥們可以得救，但是你有沒有勇氣和忍耐？這是真的，水比你的柔手還要柔軟，然而它卻能把石的形式變了。不過你的手覺得痛苦，它則並不覺得痛苦，石頭是沒有心的，它不會忍受痛苦的艱難，像你所要忍受的。你有沒有看見我手上拿的有刺的苧麻？在你現在睡的石洞的周圍有許多這一類苧麻生在那裡，這一類的苧麻，只有生在禮拜堂的牆上的有用，你要記住。雖然它們要使你的手起泡，但是你必須用手去採。用你的足把這些苧麻撕成一片一片，你就有麻絲了；你用這些麻絲，把它們聯起做成十一件長袖的短衫；把這些衫丟在十一隻天鵝的身上，那魔咒就會破了。但是你要記著，當你做這事情的時候，雖然要經過幾年的功夫總能成功，但自始至終，決不可說一句話。你如果說了一句話，你哥哥們的心便如有一把殺人的刀劍在刺著。他們的生命就在你的舌頭上。你要記著所有這些話！」

她用手把苧麻碰了一下，好像碰著熊熊的火一般。伊利沙一痛就驚醒了。那時候天色已亮，就在她睡的地方放有一根苧麻，這苧麻和她夢中所見的一模一樣。

她跪下去感謝上帝，又跑出洞外開始去做她的工作。

她用她的很柔軟的手去採摘那可怕的苧麻，它們的刺戳著她，好像火一樣，在她的臂上和手上都刺起水泡，但她卻想只要她可以救得她的哥哥們，這些苦是很高興忍受的。後來她用她的赤足去踏一根一根的苧麻，做成了青麻。

當太陽落山的時候，她的哥哥們都回來了。他們見她不說話，都很驚嚇。他們想一定又是那凶狠的晚娘的新妖術。但當他們看見她的雙手，他們就明白她是為了他們的緣故而做的事了，最小的哥哥就哭起來。他的眼淚滴在她的手上，她就覺得不痛，燒起的泡也消滅了。

她晚上也在做工，她在沒有救出哥哥們以前，心裡是一刻也不平安的。第二天，天鵝飛出去了，她一個人很孤單的坐在那兒，但是現在的時間過得真快呀！第一件的短衫做好了，她又起頭做第二件。

後來她聽見山中打獵的號筒聲，她很害怕。這聲音漸漸的近了，她聽見犬叫的聲音，她很膽小的跑到洞裡去，把採來已經理好的麻捆成一捆，自己坐在這麻捆上。

正在那時候，有一隻很大的狗從密林中跑出來，後來又是一隻，又是一隻。

它們叫得很響，跑了回去，一會兒又跑來，幾分鐘以後全體的獵人都站在洞門外，他們當中最美麗的就是這國的國王。他向伊利沙走去，因為他從來沒有看見過像她這樣美麗的女子。

他問道：「我的美麗的小孩子，你怎樣會跑到這兒來？」

伊利沙搖搖頭，因為她不能說話，一說話，她哥哥們便不能救，且便要喪失性命了。她把她的手藏在她的衣袋裡，不使那國王知道她受苦的形狀。

國王說道：「來，和我一塊走。你不能住在這裡，如果你的善心和你的美麗一樣，我便把綢緞的衣服給你穿，把金冠給你戴在頭上。你將住在我的最繁富的宮裡。」

於是他抱她放在他的馬上。她就哭起來，搖著雙手，國王說道：「我不過要使你快活，你會有一天要感謝我呢。」

然後他就和伊利沙一塊騎在馬上走了，別的獵人也都跟在他們走回去。

當太陽落山的時候，他們到了壯麗的皇城裡，那兒有許多尖塔和禮拜堂，皇帝帶了她到皇宮裡，噴泉在高大的雲石的大廳裡噴著，牆和天花板都裝飾著美麗的畫。她一點都不留意，她只有哭泣，只有悲哀。她一點都不動，一任那些侍女把皇后所穿的衣服給她穿上，把珠子圍在她的頭髮上，把精美的手套戴在她有傷泡的手指上。

她如此美麗的站著，她的美麗傾倒了全宮。國王選了她做他的妻子，雖然大主教搖著頭，微聲的說，那個森林中的美女，確然是一個女巫，她把他們的雙目盲了，把國王的心迷亂了。

但是國王不聽他的話：他命奏起音樂，擺起最貴重的酒菜，許多最美麗的女子，在他們面前跳舞。她經過芬香的花園，被引到弘大的殿上；但是她的唇邊和眼睛裡一點都不表示出快活的樣了，憂愁是永遠佔據在那裡。後來皇帝在近於她睡的地方鋪設了一間小房間，這小房間裡裝飾了美麗的青花氈子，看過去和她以前所住的石洞一樣。在地板上，還有一捆青麻，這青麻就是她從苧麻裡撕理出來的，在天花板上又掛了一件短衫，這短衫也就是她以前所做好的。這些東西都是一個獵人當做玩物帶回來的。

國王說道：「你在這裡可以夢見你復回以前的家裡了。這裡是你以前所做的工作，現在，在你的最輝耀的時候，它會使你想到以前的那個時候以娛樂你。」

伊利沙一看見心裡念念不忘的這些東西，她的唇邊現出微笑，兩頰也重變紅潤。她想到救哥哥們的事，她吻國王的手；他把她緊抱在胸前，叫一切禮拜堂的鐘都響起來，慶賀他們的婚禮。現在從森林中出來的啞女，成了一國的國后了。

後來那位大主教又向國王耳旁說了她不少的壞話，但是那些話不能入於皇帝的心。結婚禮舉行了，大主教自己須把金冠戴在她的頭上，他有心把金冠的狹圈，很緊的戴在她額上，使她受痛苦。但是她還有一個更使她受苦的圈在心裡呢，這就是為了她哥哥們的憂愁，她對於身體上的痛苦一點都不覺得。她的口啞了，因為說一句話就會害了她哥哥們的性命，但是她的眼睛裡卻表現出她對於那仁愛美麗的國王的愛情。他做許多事情使她快活。她的全個的心，一天比一天的愛他。唉！只要她能把她的悲苦託給他，只要她能告訴他以她的痛苦呀。但是她是啞子，她必須做啞子，一直要等做完她的工作。所以在夜裡她偷偷的從他身旁走開，很快的走進那間布著石洞之景的房間裡去，一件一件的做她的短衫。但是當她做第七件的時候青痲竟都用完了。

她知道禮拜堂墳地裡有苧痲生著，她可以拿來用，但她一定要自己去採，然而她怎樣能夠出去呢？

她想知道：「唉！我的手的痛苦比起心的痛苦值得怎麼呢？我一定要冒險去

做，上帝一定會幫助我的。」

她的心顫抖著，如做一件壞事似的，她在月夜偷偷地跑到花園裡，經過了長的小路和很荒涼的街道，走到禮拜堂墳場裡。在一座最大的墓石上坐著一群醜惡的巫女。她們脫了衣服好像要去沐浴似的；後來她們用很瘦的手指掘開新葬的墳墓取出屍身，吃著人肉，伊利沙經過她身邊，她們用很可怕的眼睛去看她。但是她一面做著禱告，一面採了苧麻帶回皇宮裡。只有一個人看見她，這人就是大主教。當別人都在睡的時候，他卻醒著，現在他覺得他是不錯的，皇后不是什麼人類，她是一個巫女，所以她迷惑住國王和全體的百姓們。

在認罪的地方，大主教告訴國王以他所看見的事情與他心裡所怕的。這種壞話從大主教嘴中說出來的時候，雕刻的聖像都搖搖他們的頭，好像要說：「這是不對的，伊利沙是無辜的！」但是大主教卻以不同的見解去解釋這個顯像，他說他們立誓要反對她，對於她的罪惡搖頭。於是國王的眼淚流下兩頰，心中很懷疑的走回家，到了一晚上，做出睡著的樣子，但是他沒有睡著，因為他注意伊利沙的起來，她每天晚上都是這樣做，他也每天晚上都很靜的跟在她的後頭，看她怎樣走進那間小房間裡。

一天一天的過去，國王的臉色漸漸的灰暗了，伊利沙看見了，不知道為什麼緣故。但她很害怕，她因為要救哥哥們，心裡什麼苦沒有受過！她的熱淚流在宮錦上，它們滴在那裡好像放光的鑽石，什麼人看見那樣富美的樣子，都要想做做皇后。同時她的工作差不多做完。僅有一件短衫還沒有做好，但是青麻又沒有了，苧麻也一根都沒有了。所以她必須再到禮拜堂壙場裡去一次，最後的一次！去採幾把苧麻來。她想到要一個人獨自走著，與想到那些驚人的女巫，心中非常害怕，但她的意志卻如她信任上帝一樣的堅固。

伊利沙走的時候，皇帝和大主教都跟在後頭，他們看見她經過女巫的門，走入壙場裡不見了。當他們更近了些，看見女巫們正坐在墓石上，如伊利沙前次所見的一樣。國王的臉，回到旁邊去，因為他以為他看見她也在她們當中，而她的頭當日晚上還曾靠過他的胸前。

他說：「百姓必定要裁判她。」百姓們判罰她用火燒死。

她從絢麗的宮殿裡，被引到一個很黑暗很潮濕的洞裡，那個地方風虎虎的從窗裡吹進，他們不給她綢緞，只給她以她自己採來的苧麻當做她的枕頭。又把所做的青麻的短衫當做被。沒有別的東西比之這些更能夠使她快活了。她又起頭做她的工作，並且禱告著。在門外有許多小孩子唱嘲笑的歌，在譏笑著她，沒有一個人對她說好話，安慰她。

但是近黃昏的時候，有一隻天鵝以它的翅膀拍打鐵窗。這是她的最小的哥哥。他是找他的妹妹來的。她很快活的叫起來，雖然她知道今天晚上就是她活在世上的最後的時候。但是她的工作快要完全做好了，她的哥哥們又在這裡。

大主教來了，要在她最後的時候，和她住在一起，因為他答應過皇帝這樣做的。但是她搖搖她的頭，做手勢懇求他走開，因為在這天晚上她必須把她的工作做完，不然一切都要無用了，一切她的眼淚，她的痛苦和她的不睡的晚間。大主教說了許多陰毒的話，走開了。但是可憐的伊利沙知道她自己是無辜的，繼續做她的工作。

小鼠在地板上跑來跑去，它雖然是這樣小的東西，卻知把麻拖到她的腳邊，去幫助她；一隻畫眉鳥在窗外整夜的唱它所能唱的最好聽的歌，所以她的心不會惶恐迷亂。

在黎明的時候，還有一個小時以後太陽總會升起來。十一個哥哥們都站在宮門外，求見國王。但是不能如願，守宮的人告訴他們說，現在還是夜間，因為國

Even on the way to death she would not give up her task.

王正在睡眠，不能去攪亂他。他們仍然請求著，恐嚇著，衛兵來了，國王自己也出來問是什麼意思了。正在那時候，太陽出來了，十一個兄弟不見了，只有十一隻天鵝在宮城上飛著。

所有的百姓都成群的跑出到城門邊，因為他們要看女巫的燒死。一匹老馬拖了一輛車，她就坐在這車裡。他們給她一件極粗的囊布做的外衣穿，她的很可愛的長頭髮，鬆散在她的美麗的臉上，她的臉色白得如同死人，她的嘴唇不響的在動著，手在理著青麻，她就是走去死，還不肯停止她的工作，已做好了十件短衫，放在她的腳旁，現在她正在做第十一件。群眾都向她嘲笑。

「看呀，那女巫自己在說話呢！她手裡也沒有一本聖書，不，她坐在那兒還帶著汙穢的魔法。把她撕成千片！」他們都是擁在她後頭，要想把短衫撕碎，忽然十一隻天鵝飛下來，坐在車子上圍著她，拍著它們的大的翅膀，群眾驚嚇的分了開去。

許多人都微聲說：「那是上帝的一種諭告！必定是無辜的！」但是他們不敢大聲說。

現在行刑者把她抓在手裡了，於是她匆匆的把十一件短衫丟給十一隻天鵝，

他們立刻變了十一個美麗的王子站在那裡。但是最小的王子的一隻手還是一個翅膀，因為他的短衫，沒有一個袖子，她來不及把它做完。

她說：「現在我可以說話了！我是無辜的！」百姓們看見了這個景象，都對她鞠躬，如對一個聖者，她暈到在她哥哥們的臂上，她所經歷的是如此的掛念、恐嚇、與痛苦呀！

最大的哥哥說：「是的，她是無辜的。」

於是他就告訴出一切經過的事情，當他說話的時候，有一種香氣升起來，如百萬朵的玫瑰花的香氣，因為第一根的火葬堆著的火柴都生了根，都生了綠葉；一座芬芳的籬笆立在那裡，又高又大，上頭滿生著紅玫瑰花，在頂上有一朵花是白的，而且亮晶晶的，好像明星一樣。國王把這朵花採下來，放在伊利沙胸前，她便醒了轉來，心裡覺得平安快樂。

禮拜堂的鐘都自己響起來，鳥也成群的飛來，宮中又重舉行婚禮，這種婚禮沒有一個國以前曾看見過。

——安徒生著，高君箴譯

一個母親的故事

一個母親坐在一張小床旁邊，臉上顯出非常憂愁的樣子。小床上躺著的是她的生病的孩子。這個孩子臉色病得一點血色也沒有，身體也瘦得只剩一根柴，眼睛也閉著。他的呼吸非常艱難。母親焦急得要死。孩子病了好些日子了，藥也吃了不少了，只是不見得好，恐怕他要離開她回到天上去了。

這個時候，外邊有打門的聲音，一個老人走了進來。天氣真冷，他穿著外套，圍上圍巾，還是打寒戰。樹上地上都是冰雪，寒風吹在臉上，痛如刀割。

老人進來後，孩子寧靜了一會。母親離了床邊，在架上拿下一瓶牛乳，擺在火爐上，熱給孩子吃。老人就坐在床邊，看護孩子。母親把牛乳擺在爐上後，也坐在老人身旁，拿住孩子的小手，看他很艱難的呼吸著，真是憂心如焚，連進來的人是誰也不去管他。

咳！老人就是「死神」！就是要捉她的孩子，回到天上去的「死神」呀！

如果母親認識了他，要如何的難過呢！怕不要用大棒子把老人打出門外？可

惜他不認識！

她問老人道：「你想，孩子一定不會死罷！」

老人不答他，只點一點頭，好像不大理會的樣子。母親一陣傷心，眼淚一滴一滴的滴下來，弄得滿臉都是熱淚，她的頭有點暈，再也支援不住了。她已經有三日三夜沒有合眼了。只得靠在椅子盹了一會。不到一分鐘，她醒了，覺得身上有點冷。看看床上，孩子不見了。四面一看，老人也不見了。

老人走了，孩子也走了！顯然是老人把她的孩子帶走了！

她驚得半響說不出話來，臉都急白了。立刻追出門外，大聲喚她孩子的名字，喚了好一會，一個人也沒有答應她。

在雪地上坐著一個全身穿黑的婦人，她對母親說道：「死神剛才同你一塊坐在你房裡呢。我看見他把你的孩子抱走了。他走得像風一樣快，他所帶去的東西是永遠要不回來的。」

母親說道：「只要告訴我他往那條路走去！告訴我那條路，我一定要找到他。」

穿黑衣裳的婦人答道：「我知道他往哪條路走去。但是一定要你在我面前，把你唱給你孩子聽的歌都唱給我聽，我才能告訴你。我喜歡這些歌，我以前聽過它們。我是夜神。我看見過你一邊唱歌，一邊流眼淚。」

母親答道：「好好好！我立刻就把這些歌都唱給你聽，但願你不要故意耽擱我的時間，我要追死神，問他要回我的孩子呢。」

於是她就擦擦她的手，開始唱起來。一邊唱，一邊哭，她的歌真不少，但是她的眼淚還要多！她唱完了歌，夜神就指示她道：「往右手松林中的一條路走去！我看見死神抱著你的孩子由這條路走去。」

母親就依她的話，向松林走去。走，走，走；走到松林中間，這條路分成兩條了。一條向東去，一條向西去，她不知道往哪條路走好。路當中有一棵多刺的枳樹立著。樹上也沒有花，沒有葉；樹枝上覆蓋著雪，懸掛著冰柱。

母親向枳樹道：「你看見死神帶著我的孩子走過去麼？」枳樹答道：「是的，我看見的。但是一定要你把你的胸膛緊貼在我的樹幹上，使我暖和起來，我才能告訴你他往哪條路走去。我站在這個地方，受著風雪冰霜的攻擊，快要凍死了，快要變成冰了。」

母親就解開上衣，把胸膛緊貼在冰冷的樹幹上。樹幹上的刺戳進她肉體裡，許多血流了出來。母親也不覺得痛。但是枳樹得了她的暖氣，卻漸漸的長出綠葉來，竟在黑暗的冬夜裡開出花來。焦愁的母親的心血真熱呀！

於是枳樹就告訴她死神走去的那條路。

她依枳樹的話，向這條路走去。走，走，走；這條路盡處卻是一個大湖。岸邊旁，沒有一家人家，也沒有一隻船。天氣雖然冷，湖面上冰卻結得不厚，不能載得起人。但如果她要找她孩子又非過湖不可。她沒有法子，只是坐在湖邊哭。

湖神對她說道：「不要哭罷！我能夠渡你過去。但在未渡過去以前，你要答應我一件事。我是喜歡搜集珍珠的，你的眼睛卻是兩顆最寶貴的明珠。如果你能夠把你兩顆眼珠哭出來，掉在湖裡，我就可以把你帶到大綠屋裡去。死神正是住在這所屋子裡。還有許多花木，都生在那裡，每一棵花木就是一個人的生命。」

母親答道：「只要找到我的孩子，我是什麼事情都肯幹的！」於是她大哭起來，她的兩顆眼珠就掉到湖邊去，成了兩顆最好看的明珠。湖神就把她帶到對岸去。在對岸上站著一所好幾里長的大房子，房子裡面滿是大大小小的花木。但是母親卻不能看見它，因為她已經把她的兩顆眼珠哭出來，掉在湖裡去了。

她只得大聲問道：「我到哪裡去找死神呢？他把我孩子帶去了！」一個守門

的白髮老太婆答道：「死神麼？他還沒有回來呢！你怎麼會到這裡來，什麼人幫助你？」

她答道：「上帝幫助我，他是悲憐世人的。你也悲憐悲憐我罷。我到哪裡找我孩子呢？」

老太婆說道：「這個我不知道。你沒有眼珠，不能看東西。有許多花，許多樹要在今天晚上枯了，死神不久就要走來把它們帶去。你知道每一個人都有他的生命的樹，或他的生命的花。這種花木看來很像普通的花木，但他們的心卻搏跳著。小孩子的心也能搏跳。如果你能認得你孩子的心跳的聲響，那就好辦了。但我要再告訴救你孩子的辦法，你有什麼東西送給我呢？」

母親道：「你要什麼東西呢？我沒有東西可以給你了。」

老太婆道：「只要你的黑頭髮，我用我的白頭髮同你換。」

母親道：「不要別的東西麼？我極願意把黑頭髮給你。」她就把她自己的美麗的黑頭髮取下來送給老太婆，把老太婆的白頭髮戴在自己頭上。

她們一同走進死神的大屋裡去。母親跪下去，在幾千萬的小植物中，聽出她孩子的心跳的聲響。

她叫道：「在這裡了！」伸手摸索一棵快要枯槁的花。

老太婆道：「不要動這棵花，只要你守在這裡，等死神來時，不讓他拔起它就好了。你可以恐嚇他，如果他要拔死這棵花，你也要把別的花拔起。他一定會害怕的，因他不得上帝的命令，屋裡一棵花也是不能少了的。」

一股冷氣穿入屋裡，瞎眼的母親知道是死神來了。

死神問道：「你怎麼會到這裡來？怎麼會走得比我還快？」

她答道：「我是一個母親，來找我的孩子的。」

死神伸手要拔那棵花，母親盡力保護它，不讓拔去。

「你不能抵抗我。」死神說。

她回答道：「但是慈悲的上帝能夠。」

死神道：「我就是奉上帝的命令做這個事的。我是上帝的園丁，時候到了，我就把這裡的花移到天堂裡去。」

母親哭求道：「還我孩子。」同時兩隻手抓住兩棵花對死神嚷道：「我要拔去你的花了。」

死神道：「不要動它們！你說，你失了孩子不快活，現在你如把這兩棵花拔去，別的母親也要一樣的不快活了！」

可憐的婦人說道：「別的母親麼？說著就把手放下了。」

死神說道：「這裡是你的眼睛，我在湖裡釣它們出來。我以前還不知道它們就是你的。現在你拿回去罷！」

母親取回她的眼睛，她又能看見一切了。

死神又指示她說：「你試望旁邊的一口深井裡看看。」

母親就望那口深井裡看，看見一個人在世上做了許多事業，得了許多光榮，一生充滿著快樂幸福。又看見一個人在世上活了許多年，一點也沒有成就，一生所過的都是痛苦，疾病，饑寒的日子。

死神道：「這就是上帝的意思。」

母親問道：「那個快樂的人是誰，受苦的人又是誰？」

死神答道：「那我不能告訴你。但是你一定要知道，這兩個人當中有一個是你的孩子。你孩子的將來運命，你已看見過了。」

母親害怕起來，叫道：「哪一個是我的孩子？請告訴我！放了無罪的孩子罷！讓我的孩子不去受這種痛苦罷！還是帶他去好！帶去到天堂裡去罷！」

死神道：「我不懂你。你現在還是要回你的孩子呢，還是讓我把他帶走？」

母親跪下去，向上帝祈禱道：「上帝寬恕我，上帝寬恕我！」

於是死神就把那棵花拔起，把她的孩子帶到天堂裡去。

——這一篇也是安徒生著的，但不是完全的譯文，中間曾刪節了些。（西諦）

伊索先生

一　發端

新年是一年裡頂快樂的時候。家家人家都把房屋收拾得煥然一新。個個孩子，都是興高采烈地遊戲著。

雖然每年都有一個新年；雖然每年的新年都是刻板似的點綴著；然而到了這個時候，無論什麼人的心裡，總會自然而然地起了一種激動而愉快的感覺。

小孩子們尤其覺得快樂。學校裡已經放假了。如果兄弟姐妹多的人家，他們便在家裡遊戲。如果沒有什麼兄弟或姐妹的人，他們便跑出去和住在鄰近的同學或平日的遊伴一起遊戲。

新年裡所做的種種遊戲，有的是有益的，有的是有害的。「說故事」是各種遊戲中最有益而又是最有趣味的一件事。

現在，新年已經到了！諸位做過什麼遊戲沒有呢？有聽人家說過什麼故事沒有呢？我現在且說幾件極新鮮有趣味的故事給大家聽聽。這些故事，我猜想諸位大約都是不曾聽見過的。

二　伊索先生

現在所講的幾件故事，都是關於伊索（Aesop）先生的。諸位如果讀過伊索寓言必定知道「伊索」這個名字。《伊索寓言》便是這位伊索先生做的。關於伊索先生的生平，各書上有許多不同的話。我們現在且把大家所公認的寫在下面。

伊索先生是古代希臘的人。他約生在距今二千五百餘年前。他是一個奴隸。但他比他的主人乃至當時的一切達官富人，都聰明得多。

他極會說話。又極機警。那時他在貴人家裡，當著許多女賓，把他的寓言講給她們聽。她們聽得非常麼專心！

後來，他的主人因為他的聰明才幹，便把他的奴隸籍削除了。所以他在老年的時候，是一個自由人。

除了這些簡單的事蹟以外，各書上所載的關於伊索先生的故事還很多。現在且揀幾件最有趣味的講講。這種故事之足以使聽者愉快，也不減於他所做的寓言。

三　伊索被買

先講伊索先生被他主人桑塞士買去的故事。

在希臘古代，就是在伊索先生那個時候，各處市場上常常有許多奴隸排列在那裡出賣，正同現在的人出賣家畜一樣。

有一天，伊索和別的兩個奴隸，一同被一個主人送到市場上出賣。桑塞士是當時的一個大富翁，素以慈善著名。他要買一個奴隸。那天便親到市場上去揀選。

他問那兩個奴隸道：「你們會做什麼事？」

那兩個人便誇說了一頓，說自己會做這樣，會做那樣。他們都願意做桑塞士的奴隸，希望桑塞士能把他們買去。只有伊索默默無言。桑塞士便單向伊索問道：「但是你能做什麼事呢？」伊索答道：「他們能做那許多事情，又能做得那樣好。還有什麼事情留下來給我做呢？」

桑塞士又問道：「如果我買了你後，你能忠心做事，誠實不欺麼？」
伊索答道：「就是你不買我，我也是要忠實不欺的。」
桑塞士又問道：「你能答應我以後絕不逃走麼？」
伊索答道：「你也曾聽見過一隻囚在籠中的鳥，答應他主人說不逃走麼？」
桑塞士聽了伊索的回答，心裡非常滿意，便把他買了回來。

四　舌宴

過了幾時，桑塞士要請幾位客人吃飯。他叫伊索預備一桌金錢所能買的最好的飯菜。

客人來了。他們入席之後，伊索送上來的第一道菜是一盤紅燒的豬舌。隔了一會，第二道菜又送上來。主客一看，又是一盤舌頭。不過不是豬舌，而是羊舌。燒法也與前不同。等到第三道、第四道菜送上來時，主客一看，又都是舌頭。不過種類與燒法都各各不同。桑塞士至此，不能再忍，便銳聲叫了伊索來罵道：

「我沒有告訴過你，要你預備一桌金錢所能買得到的最好的飯菜麼？為什麼只是拿出什麼豬舌、羊舌等類的菜來？」

伊索答道：「世間還有什麼東西比舌頭更好的呢？舌頭是知識學問的大運河。用了舌頭，一切偉大的行為，一切美善的學問才會成功。」

主客聽了伊索的答辯，都極滿意，便不再說什麼話。

到了散席的時候，主人又叫了伊索來。

桑塞士向眾客說道：「請大家明天再到我這裡來吃飯。」又向伊索說道：「你以今天的菜，為最好的。請你明天再替我預備一席你所謂最壞的菜來。」

到了第二天，客人都到齊了。大家上了席。伊索送上來的第一道菜又是一盤舌頭。第二、第三道菜也與昨天一樣，仍舊也是兩盤舌頭。客人都大大地奇怪起來。桑塞士更是大大地生氣。

桑塞士問伊索道：「唉！又是舌頭！為什麼舌頭在昨天是最好的菜，在今天卻又變成最壞的菜呢？」

伊索答道：「世間還有什麼東西比舌頭更壞的呢？天下最壞的事，哪一件沒有舌頭參與其間？虛詐、不公、奸謀等等壞事，哪一件不是用舌頭來替他們遮瞞的？所以舌頭是亡國、毀城、變友情為仇敵的東西。」

主客聽了伊索的這一席話，又極滿意。於是大家便盡歡而散。

五　巧計

有一次，桑塞士無意中同一位學者賭了一個東道，說他能夠把海水喝乾。他回家以後，心裡十分後悔，知道這次的東道是輸定的了。誰能把海水喝乾呢？沒有法子，只好叫了伊索來求計。

伊索道：「你要實行你的話，自然是絕對不能辦到的。但是我有一個法子。你能依了我的方法做去，準保這次東道不會輸給別人。」

桑塞士便一切依了伊索的話做去。

到了約定的那一天，桑塞士同了伊索去會見那位學者。他們一同走到海邊。人民聽見這個消息，也三五成群地跑來看熱鬧。

伊索在海岸上備了一張大桌子，一張椅子。桌上放了幾隻大水杯。許多奴隸站在桌邊，手裡都拿著水杓子，預備取海水倒在杯中給桑塞士喝。

桑塞士已受了伊索的教導，心裡毫不驚慌，很莊重地坐在椅上，等著要喝杯中的水。

四面觀看的人和那位學者都覺得驚奇。他們都以為桑塞士真是瘋了。

隔了一刻，一切都預備好了。桑塞士便向那位學者說道：「我同你賭的是要把海水喝乾。並沒有說把各處流入海中的河水也都喝了。請你把這些河水止住了，不要讓他流入海水。然後我才能把海水喝下去。」

誰也知道河水是不能阻止他不流入海中的。所以那位學者只好瞠目無言，自己認輸了。

六　旅行

有一次，桑塞士要到一個很遠的地方去。他叫他的奴隸們把路上要用的東西都收拾好了，捆成一包一包，以便攜帶。

一切東西都已收拾好了。伊索到他主人那裡去，要求挑一擔最輕的東西。桑塞士要使這位心愛的奴隸快活，便叫他自己去揀選他所要挑的東西。

伊索把所有的東西都看了一回，最後揀了一擔麵包來挑。到了動身的時候，

別的奴隸都暗地裡譏笑著伊索，以為聰明的人也會懵懂起來，竟揀了一擔最重的東西來挑。原來麵包擔在許多行李中算是最重笨的。

走了半天，到了中午的時候，伊索已經滿頭是汗，覺得非常疲倦了。如果再挑幾點鐘，恐怕伊索必定要坐在地上不能再走了。好在這時已到吃飯的時間。大家都揀一個陰涼的地方，坐下休息。休息了一會，便都向麵包挑裡取了麵包來吃。這一頓吃，把擔裡的麵包吃去了一半，下半天，伊索便舒服得多了。到了吃晚飯的時候，伊索所挑的擔子裡，已經沒有一塊麵包剩下了。

第二天由旅館裡動身時，伊索已是空手走路了。因為從這個地方走過去，沿路上都很繁盛，不必再買麵包在路上吃，所以此後的許多路，伊索都極舒服，不要挑一點東西。至於別的奴隸，所挑的東西仍是絲毫沒有減輕。他們走到疲倦時，看見伊索肩上空空，自由自在地走著，覺得十分羨妒。他們現在再也不敢譏笑伊索，只有暗暗地嘆服他的聰明了。

——鄭振鐸述

臺灣版後記

為重寫中國兒童文學史做準備

眉睫（簡體版書系策畫）

二〇一〇年，欣聞俞曉群先生執掌海豚出版社。時先生力邀知交好友陳子善先生參編海豚書館系列，而我又是陳先生之門外弟子，於是陳先生將我點校整理的梅光迪講義《文學概論》（後改名《文學演講集》）納入其中，得以出版。有了這個因緣，我冒昧向俞社長提出入職工作的請求。俞社長看重我對現代文學、兒童文學研究的能力，將我招入京城，並請我負責《豐子愷全集》和中國兒童文學經典懷舊系列的出版工作。

俞曉群先生有著濃厚的人文情懷，對時下中國童書缺少版本意識，且缺少人文氣質頗不以為然。我對此表示贊成，並在他的理念基礎上深入突出兩點：一是以兒童文學作品為主，尤其是以民國老版本為底本，二是深入挖掘現有中國兒童文學史沒有提及或提到不多，但比較重要的兒童文學作品。所以這套「大家小書」，頗有一些「中國現代兒童文學史參考資料叢書」的味道。此前上海書店出版社曾以影印版的形式推出「中國現代文學史參考資料叢書」，影響巨大，為推動中國現代文學研究做了突出貢獻。兒童文學界也需要這麼一套作品集，但考慮到兒童讀物的特殊性，影印的話讀者太少，只能改為簡體橫排了。但這套書從一開始的策劃，就有為重寫中國兒童文學史做準備的想法在裡面。

為了讓這套書體現出權威性，我讓我的導師、中國第一位格林獎獲得者蔣風先生擔任主編。蔣先生對我們的做法表示相當地贊成，十分願意擔任主編，但他畢竟年事已高，不可能參與具體的工作，只能以書信的方式給我提了一些想法，我們採納了他的一些建議。書目的選擇，版本的擇定主要是由我來完成的。總序也由我草擬初稿，蔣先生稍作改動，然後就「經典懷舊」的當下意義做了闡發。可以說，我與蔣老師合寫的「總序」是這套書的綱領。

什麼是經典？「總序」說：「環顧當下圖書出版市場，能夠隨處找到這些經典名著各式各樣的新版本。遺憾的是，我們很難從中感受到當初那種閱讀經典作品時的新奇感、愉悅感、崇敬感。因為市面上的新版本，大都是美繪本、青少版、刪節版，甚至是粗糙的改寫本或編寫本。不少編輯和編者輕率地刪改了原作的字詞、標點，配上了與經典名著不甚協調的插圖。我想，真正的經典版本，從內容到形式都應該是精緻的、典雅的，書中每個角落透露出來的氣息，都要與作品內在的美感、精神、品質相一致。於是，我繼續往前回想，記憶起那些經典名著的初版本，或者其他的老版本——我的心不禁微微一震，那裡才有我需要的閱讀感覺。」在這段文字裡，蔣先生主張給少兒閱讀的童書應該是真正的經典，這是我們出版本套書系所力圖達到的。第一輯中的《稻草人》依據的是民國初版本、許敦谷插圖本的原著，這也是一九四九年以來第一次出版原版的《稻草人》。至於解放後小讀者們讀到的《稻草人》都是經過了刪改的，作品風致差異已經十分大。俞平伯的《憶》也是從文津街國家圖書館古籍館中找出一九二五年版的原著來進行重印的。我們所做的就是為了原汁原味地展現民國經典的風格、味道。

什麼是「懷舊」？蔣先生說：「懷舊，不是心靈無助的漂泊；懷舊也不是心理病態的表徵。懷舊，能夠使我們憧憬理想的價值；懷舊，可以讓我們明白追求的意義；懷舊，也促使我們理解生命的真諦。它既可讓人獲得心靈的慰藉，也能從中獲得精神力量。」一些具有懷舊價值、經典意義的著作於是浮出水面，比如孤島時期最富盛名的兒童文學大家蘇蘇（鍾望陽）的《新木偶奇遇記》；大後方為少兒出版做出極大貢獻的司馬文森的《菲菲島夢遊記》，都已經列入了書系第二批順利問世。第三批中的《小哥兒倆》（凌叔華）《橋（手稿本）》（廢名）《哈巴國》（范泉）《小朋友文藝》（謝六逸）等都是民國時期膾炙人口的大家作品，所使用的插圖也是原著插圖，是黃永玉、陳煙橋、刃鋒等著名畫家作品。

中國作家協會副主席高洪波先生也支持本書系的出版，關露的《蘋果園》就是他推薦的，後來又因丁景唐之女丁言昭的幫助而解決了版權。這些民國的老經典，因為歷史的原因淡出了讀者的視野，成為當下讀者不曾讀過的經典。然而，它們的藝術品質是高雅的，將長久地引起世人的「懷舊」。

經典懷舊的意義在哪裡？蔣先生說：「懷舊不僅是一種文化積澱，它更為我們提供了一種經過時間發酵釀造而成的文化營養。它對於認識、評價當前兒童文學創作、出版、研究提供了一份有價值的參照系統，體現了我們對它們的批判性的繼承和發揚，同時還為繁榮我國兒童文學事業提供了一個座標、方向，從而順利找到超越以往的新路。」在這裡，他指明了「經典懷舊」的當下意義。事實上，我們的本土少兒出版是日益遠離民國時期宣導的兒童本位了。相反地，上世紀二三十年代的一些精美的童書，為我們提供了一個座標。後來因為歷史的、政治的、學術的原因，我們背離了這個民國童書的傳統。因此我們正在努力，力爭推出真正的「經典懷舊」，打造出屬於我們這個時代的真正的經典！

但經典懷舊也有一些缺憾，這種缺憾一方面是識見的限制，一方面是因為審稿意見不一致。起初我們的一位做三審的領導，缺少文獻意識，按照時下的編校規範對一些字詞做了改動，違反了「總序」的綱領和出版的初衷。經過一段時間磨合以後，這套書才得以回到原有的設想道路上來。

欣聞臺灣將引入這套叢書，我想這對於臺灣人民了解大陸的兒童文學是有幫助的。林文寶先生作為臺灣版的序言作者，推薦我撰寫後記，我謹就我所知，記述於上。希望臺灣的兒童文學研究者能夠指出本書的不足，研究它們的可取之處，為重寫兩岸的中國兒童文學史做出有益的貢獻。

二〇一七年十月於北京

眉睫，原名梅杰，曾任海豚出版社策劃總監，現任長江少年兒童出版社首席編輯。主持的國家出版工程有《中國兒童文學走向世界精品書系》（中英韓文版）、《豐子愷全集》《民國兒童文學教育資料及研究》，主編《林海音兒童文學全集》《冰心兒童文學全集》《豐子愷兒童文學全集》《老舍兒童文學全集》等數百種兒童讀物。二〇一四年度榮獲「中國好編輯」稱號。著有《朗山筆記》《關於廢名》《現代文學史料探微》《文學史上的失蹤者》，編有《許君遠文存》《梅光迪文存》《綺情樓雜記》等等。

民國時期經典童書 A0801023

天鵝

作　　者 鄭振鐸　高君箴
版權策劃 李　鋒

發 行 人 陳滿銘
總 經 理 梁錦興
總 編 輯 陳滿銘
副總編輯 張晏瑞
編 輯 所 萬卷樓圖書 (股) 公司
特約編輯 沛　貝
內頁編排 林樂娟
封面設計 小　草
印　　刷 百通科技 (股) 公司

出　　版 昌明文化有限公司
桃園市龜山區中原街 32 號
電　　話 (02)23216565
發　　行 萬卷樓圖書 (股) 公司
臺北市羅斯福路二段 41 號 6 樓之 3
電　　話 (02)23216565
傳　　真 (02)23218698
電　　郵 SERVICE@WANJUAN.COM.TW
大陸經銷
廈門外圖臺灣書店有限公司
電郵 JKB188@188.COM

ISBN 978-986-496-077-4
2017 年 12 月初版一刷
定價：新臺幣 420 元

如何購買本書：
1. 劃撥購書，請透過以下帳號
帳號：15624015
戶名：萬卷樓圖書股份有限公司
2. 轉帳購書，請透過以下帳戶
合作金庫銀行古亭分行
戶名：萬卷樓圖書股份有限公司
帳號：0877717092596
3. 網路購書，請透過萬卷樓網站
網址 WWW.WANJUAN.COM.TW
大量購書，請直接聯繫，將有專人為您服務。(02)23216565 分機 10

如有缺頁、破損或裝訂錯誤，請寄回更換

國家圖書館出版品預行編目資料

天鵝 / 鄭振鐸 , 高君箴譯述 . -- 初版 . -- 桃園市 : 昌明文化出版 ; 臺北市 : 萬卷樓發行 , 2017.12
面;　公分 . -- (民國時期經典童書)
ISBN 978-986-496-077-4(平裝)
859.08　　106024153